La remplaçante

Du même auteur aux éditions Mijade

Ado blues
Aurore barbare
Intrusions, avec André-Paul Duchâteau
Journal de Jamila
L'Amour à boire
La Douce Odeur des pommes
La Forêt plénitude
Le Coupable rêvé, avec André-Paul Duchâteau
Manipulations, avec André-Paul Duchâteau
Monsieur Bonheur
Rue Josaphat
Tabou
Vidéo poisse

Chez d'autres éditeurs

Depuis ta mort, Grasset, 2004
Mon pire ami, Grasset, 2006
Gaume, Bernard Gilson éditeur, 2007
Voleur de vies, Grasset, 2008
Tout près de moi, Bernard Gilson éditeur, 2008

Frank Andriat

La remplaçante

Roman

Mijade

Septembre 2008
(Onzième édition)

Rue de l'Ouvrage, 18
B-5000 Namur

Photo de couverture réalisée en complicité
avec madame Charlotte Bellière
et les élèves de la 2H,
Collège Saint-Guibert de Gembloux,
en mai 2008

D/2007/7216/01
ISBN 978-2-87423-030-1

Imprimé en Belgique

Pour Évelyne, Maïté et Samuel

1

Je déteste me lever. Tous les matins, quand le réveil sonne, je râle. Je plaque violemment la main dessus et je me retourne. Mais ça ne sert à rien. Si je voulais me remettre à ronfler, je devrais aussi arrêter le réveil des parents qui dorment dans la pièce à côté et qui, dès que c'est l'heure, sautent du lit comme des pucerons et me mitraillent de leurs horribles phrases depuis le couloir d'où ils se croient les maîtres. Ma mère a une voix de clairon qui percerait même des boules Quies. Mon père, c'est plutôt un saxo fatigué. Lui, il n'insiste pas trop mais ma mère, elle, est infatigable.

– Raphaël, debouuuut ! Debout, Raphaëëëël ! Tu vas arriver en retard au collège.

Si, au moins, elle me criait que des croissants chauds m'attendent dans la cuisine à côté d'une bonne tasse de chocolat brûlant, je ferais peut-être un effort pour m'extraire de mon sac de couchage, mais me parler de l'école, c'est du sadisme, une façon dégoûtante de me déclarer la guerre. Je ne dis pas amen à tous ses caprices. Je me roule en boule dans mon sac et tourne sur moi-même pour arriver au bord du lit. Je me laisse lentement glisser vers le sol, me relève et trottine ainsi jusqu'au couloir en tenant le dessus du sac entre les dents. Ça a l'art de mettre ma mère en rage. Elle me traite de limace et de paillasson en pinçant les lèvres. Moi, ça m'amuse de la voir dans cet état. Elle qui rêvait d'un brave petit adolescent tout sage dormant dans de beaux draps blancs, elle est servie ! Mon sac de couchage est une partie de ma personnalité et je ne supporte pas qu'elle me l'enlève.

Je trottine ainsi jusqu'à la salle de bains et, là seulement, une fois la porte fermée à double tour derrière moi, je laisse tomber mon sac sur le carrelage. Chaque matin, ça me fait frissonner. Un peu comme si on enlevait la coquille à un escargot. En slip et dans l'intimité de la salle de bains, je m'observe dans la glace. Je suis beau. Je m'aime bien. Le léger duvet qui me pousse au-dessus des lèvres me donne un air d'acteur de cinéma. Si je me démenais plus au cours de gymnastique, j'aurais même des muscles. Mais, pour ça, il faudrait que je travaille pour un prof qui m'exaspère. Et, même si les copains me disent que j'ai plus la carrure de Renaud que celle de Silvester Stallone, j'en reste là. Ce paquet de muscles, je devrais le transporter tout le temps ; ce serait épuisant.

– Alors, Narcisse, tu n'as pas bientôt fini ?

Le clairon retentit à nouveau ! Ma mère tambourine comme une dingue sur la porte pour que je libère le lavabo. Zut ! D'abord, elle n'a pas à me nommer Narcisse alors qu'elle m'a baptisé Raphaël. Je fais celui qui n'entend pas et je sifflote en me passant de l'eau froide sur le visage. Dehors, elle s'énerve. Elle renouvelle sa demande. Tous les matins, c'est le même cinéma.

– Raphaël ! Tu veux sans doute que j'appelle ton père !

Aïe ! J'ai très peur ! Mon vieux saxo de père est bien trop occupé à siroter son café crème pour se déranger jusqu'ici. Je baragouine un « J'ai fini » mouillé pour qu'elle patiente un peu. Le temps d'enfiler un slip propre, de me brosser les dents et de passer un coup de peigne dans ma tignasse folle. Ma bonne mère souffle rageusement derrière la porte et je l'ai à peine ouverte qu'elle s'engouffre dans la salle de bains comme une souris stressée. Qu'est-ce qu'elle a donc à s'exciter comme ça ? Elle est la seule de la famille à pouvoir rester à la maison et, le matin, c'est elle qui se dépêche le plus. Quand je lui pose la question, elle me répond qu'il faut qu'elle gère l'emploi du temps de tout le monde : immédiatement les grands mots ! Elle se passe un coup de brosse dans les cheveux et appelle ma petite sœur Anne-Laure pour lui faire sa tresse. Le jour où celle-ci sera en âge de se maquiller, je devrai me lever une demi-heure plus tôt si je veux encore admirer mon physique de don Juan dans le miroir !

Le matin, il n'y a que mon père qui ne

s'énerve pas. Il a trouvé la tactique pour avoir la paix. Il se lève, passe rapidement sous la douche et file dans la cuisine où il se réfugie derrière sa tasse de café. Il attend calmement que la tempête qui règne autour de la salle de bains se soit apaisée pour retourner s'y raser en sifflotant une chanson à la mode. Ensuite, il se costume, se cravate et crie :

– Tout le monde est prêt ? On y va !

C'est toujours un concert de protestations qui lui répond. Nos voix se mêlent pour lui demander de patienter quelques minutes. Il dépose son attaché-case dans le hall, enfonce les mains dans les poches de sa veste et hausse les épaules. Mon père, ce n'est pas un infarctus qui l'achèvera ! Parfois, quand je le regarde, je pense à une pastille calmante pour la toux. Ce n'est peut-être pas très gentil, mais jusqu'à présent, je n'ai pas trouvé mieux.

En général, c'est Anne-Laure qu'on attend. Elle oublie toujours un détail : son dix-heures, sa pince à cheveux, son cahier de mathématiques, son livre de lecture, l'argent des repas de midi, son matériel de dessin, son équipement de gymnastique, j'en passe ! Moi, quand j'avais dix ans et demi, j'étais moins tête en l'air. J'allais tous les jours à l'école avec un cartable trop rempli. Un bon élève, stylé et obéissant. L'enfant dont tous les parents rêvent. Ce n'est qu'à partir de douze ans que j'ai glissé mon game boy dans mon cartable à la place de ma grammaire et de mon atlas.

Depuis que je suis entré au collège, une forêt de poils drus m'a poussé dans la main. Chaque fois que je soulève le petit doigt, j'ai l'impression que je fais un effort digne de la plus haute récompense. Mes parents et mes profs ne sont pas de cet avis ; ils me traitent de fainéant. Au début, ma mère croyait que j'étais malade et elle m'a fait avaler des boîtes de vitamines. Comme ça ne donnait aucun résultat, elle a parlé de consulter un psychologue. Mon père l'a calmée, lui a dit que ces crises-là étaient de mon âge et, depuis, tant que mes résultats scolaires sont potables, ils me laissent plus ou moins tranquille.

Quand Anne-Laure s'est rappelé tout ce qu'elle a oublié, nous partons enfin. Nous grimpons dans la Renault familiale et quittons la maison. Ma mère est debout sur le pas de la porte et nous fait de grands signes comme si nous nous séparions pour quinze jours. Je l'aime bien comme ça. Certains matins, elle me passe la main dans les cheveux au moment où je sors et me roucoule un « Bonne journée, mon minou ! » Ce sont les jours où je ne l'oblige pas à attendre trop longtemps derrière la porte de la salle de bains, ceux où elle n'est pas forcée de m'enguirlander parce que je laisse déborder le lait de mon bol de corn-flakes, ceux où elle ne doit pas me repasser une chemise en vitesse parce que je me rends compte que j'ai roulé en boule celle qu'elle m'avait donnée la veille. Ces matins-là, je l'avoue, sont rares !

S'il n'y avait pas nos petites disputes et cette insistance qu'elle met à ce que je réussisse bien à l'école, ma mère et moi, nous nous entendrions à merveille. Quand j'y réfléchis, je nous découvre beaucoup de points communs. Elle est belle, elle ne travaille pas, elle aime les gâteaux et, quand elle le veut, elle a de l'humour et est très câline. Elle se met aussi vite en colère, impose ses idées et devient hystérique quand plus rien ne va. Comme moi, simplement, la vraie mère de son fils ! Peut-être qu'adulte, je deviendrai comme elle, un artiste. En tout cas, je ne supporterais pas de passer mes journées enfermé dans un bureau comme le fait mon père qui, lui, travaille dans une compagnie d'assurances.

Tous les matins, prendre la voiture pour se rendre au même endroit et revenir tous les soirs par le même chemin, moi, ça me ficherait le cafard. Mon père, ça n'a pas l'air de le déranger. Un véritable flemmard qui a sa petite existence bien réglée et qui semble se contenter de cela. Nous quittons la maison, nous conduisons Anne-Laure, un peu plus loin, à l'entrée de la rue qui mène à son école primaire et nous nous remettons en route vers la station de métro où mon père, qui travaille à l'autre bout de la ville, me dépose.

À partir de ce moment-là, à moi la liberté ! Je descends dans la station en courant et je rejoins les copains qui m'attendent sur le quai. Il y a Philippe, Rachid, Constantin et Réginald qui prennent la même rame que moi. Nous fréquentons le même collège et nous nous faisons un point d'honneur d'y aller ensemble chaque matin.

2

Mon meilleur copain, c'est Réginald. Lui et moi, nous sommes comme des frères. Si l'un arrête de respirer, l'autre étouffe. À l'école, nous sommes toujours assis sur le même banc. Nous aimons et nous prenons en grippe les mêmes profs. Celui de gymnastique, par exemple, un vieux bonhomme de quarante ans qui se prend pour Schwarzenegger. Nous l'appelons Terminator et, chaque fois qu'il nous demande quelque chose, nous faisons semblant de nous mettre à trembler. Il n'apprécie pas et nous envoie aux cent mille diables. Nous le laissons dire sans broncher. Ses coups de gueule ne durent jamais très longtemps et il a un superbe point faible : il n'ose pas nous enlever de points.

Notre plus chouette prof, c'est mademoiselle Laurent. Sylvie Laurent. Elle ressemble à Natacha, l'hôtesse de l'air de la BD de Walthéry. Une pépée super charmante à qui on ne peut rien refuser. Une femme qui, surtout, prend le temps de nous écouter, qui part de nos difficultés et qui nous aide à les dépasser plutôt que de nous assommer avec des connaissances dont nous ne voyons pas l'intérêt. Nous l'avons depuis deux mois et son cours est le seul où je me décarcasse un peu. Elle nous enseigne le français. On ne peut pas dire que la matière soit particulièrement excitante – classes de mots, analyse des fonctions et règles des participes passés –, mais avoir devant la classe une prof de cette trempe, ça donne envie à tous les garçons de rester éveillés. Les filles, elles, sont jalouses : elles nous demandent avec une vilaine petite grimace ce que nous trouvons de tellement extraordinaire à mademoiselle Laurent.

– Elle, au moins, leur a répondu Philippe, elle ne doit pas se récurer le visage au Biactol tous les matins.

C'est vrai ! Elle a une peau de pêche qui nous donne des idées roses. Nous avons tous envie de la toucher, rien que pour voir de quoi elle est faite, mais elle conserve prudemment ses distances, car, plus fine qu'un renard, elle devine combien elle éveille notre libido d'adolescents rêveurs. Mademoiselle Laurent, personne ne peut l'ennuyer : Ghislain, Réginald et moi, nous avons créé le Codéchop, le « Comité de défense de la plus chouette prof ». Gare à celui ou à celle qui s'avise de lui créer des problèmes. Nous avons de quoi faire plier les plus forts. Les filles, Aurélie en tête, se moquent de nous : elles disent que nous ferions n'importe quoi pour nous rendre intéressants. Aurélie et ses copines sont juste capables d'être premières de classe. Il y a quand même des buts plus intéressants dans l'existence !

Être heureux, par exemple. Ça vaut tous les prix d'excellence, tous les diplômes. Et, moi, pour que je sois heureux, il faut que je me sente aimé. C'est pour cette raison que j'apprécie tellement mademoiselle Laurent. Elle nous accorde de la valeur. Avec elle, nous ne nous sentons pas méprisés comme avec la plupart des autres profs. Elle s'intéresse à nous. Pas comme le prof de math ou comme celui de géographie qui se contentent juste de nous enseigner une matière et de nous mépriser si nous ne la restituons pas comme ils le désirent. Mademoiselle Laurent, elle, veut savoir ce qui nous plaît, elle accorde de l'importance à notre avis, elle ne nous met pas en échec si nous n'avons pas la même opinion qu'elle et nous apprend à défendre notre position le mieux possible. Ça, en plus de sa beauté ! N'importe qui peut comprendre que les copains et moi, nous ayons fondé le Codéchop.

Ce matin, nous avons mademoiselle Laurent à la première heure. Ça fait plus de dix minutes que nous l'attendons dans la cour. Après un quart d'heure, ce n'est pas mademoiselle Laurent qui apparaît, mais le directeur. Il nous annonce qu'elle sera absente aujourd'hui. Certains murmurent de joie, mais Ghislain, Réginald et moi grognons pour qu'ils se taisent. Deux heures d'étude à ne rien faire ! Dire que j'aurais pu rester dans mon lit, enroulé dans mon sac comme un caramel au chocolat dans son papier d'emballage ! Je me serais levé tranquillement et j'aurais pris mon petit déjeuner avec ma mère. Les fois où je quitte la maison un peu plus tard, elle s'installe à la table et nous discutons de tout et de rien. C'est génial. Elle est tout à fait différente de la mère-clairon de six heures du matin. Je cause alors avec l'artiste qui prend le temps de vivre et qui l'offre aux autres. Parfois, elle me montre ses dessins. J'adore. Je voudrais qu'elle organise une exposition pour que tout le monde sache que ma mère à moi a du talent à revendre.

– Qu'est-ce que tu crois qu'elle a ? me demande Réginald en me sortant de mes rêveries.

– Qui ?

– Mademoiselle Laurent, tiens !

– Peut-être une grippe. Ou alors elle est enceinte et elle ne l'a dit à personne.

– C'est idiot.Si elle était enceinte, ça se verrait.

– Pas les tout premiers mois. Elle a sans doute eu un malaise et n'a pas pu se lever.

– Enfin, Raph, tu ne sais même pas si elle a un petit ami !

– Comment veux-tu qu'une fille comme elle ne connaisse personne ?

Réginald ne peut me répondre. Il reste bouche bée pendant quelques secondes et hausse les épaules. Tous les élèves se dirigent vers la salle d'étude dans un joyeux brouhaha. Nous nous amusons à observer les classes devant lesquelles nous passons. C'est comique ! On se croirait au zoo. Derrière les larges vitres, les élèves sont installés comme au spectacle. Certains groupes sont plus bruyants que d'autres : il suffit de jeter un coup d'œil sur le prof qui est devant eux pour mieux comprendre. Winnie l'ourson, notre prof d'histoire, gambade devant des petits. Il a les bras ballants et la mâchoire pendante : sûr qu'il leur parle de l'homme de Néanderthal ! Si nous entrions dans son local, nous surprendrions ses grognements sucrés. Le jour où ce vieux prof chevelu quittera l'établissement, l'école perdra un des exemplaires les plus expressifs de sa faune enseignante. L'année passée, au moins de juin, une classe de quatrième lui a offert dix kilos de miel pour fêter les vacances. Winnie a semblé très heureux ; j'ai même l'impression qu'il s'est habitué à son surnom. Ça fait des années qu'on le surnomme ainsi. Depuis qu'il a laissé pousser sa barbe brun foncé, sa grosse face est encore plus ronde, ses petits yeux rieurs mieux mis en valeur et tout le monde à l'école a oublié qu'il s'appelait monsieur Dupont.

Trois locaux après celui de Winnie, c'est madame Pivoine que nous voyons. Par la fenêtre, nous l'observons faire de larges mouvements de la bouche comme si elle voulait avaler toutes les mouches qui passent à sa portée. Il paraît qu'elle enseigne l'anglais. En tout cas, son anglais ressemble plus à un combat entre la langue et la luette qu'à celui que nous entendons à la télévision dans les interviews et dans les chansons. Chaque fois qu'elle commence une phrase, elle respire un grand coup et se lance. Avant d'atteindre la fin de la phrase, elle devient rouge et se met à toussoter. C'est une fête de l'avoir comme prof : pas la peine de la chahuter, elle se chahute toute seule. Après sa quinte de toux, elle se reprend, respire à nouveau un grand coup et se lance encore sans paraître remarquer que, devant elle, une classe entière s'offre le spectacle. Des profs comme elle, il faudrait leur donner une médaille ; s'ils n'existaient pas, l'école n'aurait aucun charme et l'enseignement à domicile, par ordinateur, trouverait une justification. L'école c'est avant tout des rapports humains, un lieu où chacun échange plus ce qu'il est que ce qu'il sait. Madame Pivoine, nous la protégeons. C'est une brave femme. Si nous l'ennuyions, elle se mettrait à pleurer. Alors, d'année en année, pour la remercier de son spectacle gratuit et surtout pour qu'il ne cesse pas, nous répétons les phrases qu'elle nous sert à coups de langue et de luette. Après, les élèves vraiment intéressés se mettront à apprendre l'anglais.

Heureusement qu'il n'y a pas que des Winnie et des Pivoine dans l'école ! On pourrait la prendre pour un cirque. Le collège que je fréquente a bonne réputation. Mes parents n'ont pas voulu m'inscrire n'importe où. Ils ont fait le tour de leurs connaissances avant de choisir, ils se sont informés, ils ont téléphoné un peu partout. Je me demande comment ça se passe ailleurs, dans ces écoles dont on parle parfois à la télévision et où, paraît-il, les profs sont dépassés par les événements, où règne une terrible violence. Là, il ne fait pas bon d'être prof et je plains ceux qui s'y trouvent.

Dans la salle d'étude, je m'installe à côté de Réginald. Aurélie et ses copines se placent aux premiers bancs et révisent leurs cours. Le pion qui nous surveille n'est pas des plus sympa. Avec lui, mieux vaut ne pas bouger. Un dur sans cervelle, une machine à enlever des points. Nous le détestons en silence, ça vaut mieux. Réginald et moi, nous faisons la conversation grâce à de petits morceaux de papier. Il continue à s'interroger sur l'absence de mademoiselle Laurent. Il devient barbant.

– Tu es amoureux d'elle ou quoi ?

– Raph, où vas-tu chercher ça ?

– Dans ta rafale de questions. Laisse-la où elle est. Elle a le droit d'être absente.

– J'ai le droit d'être curieux, non ?

Le papier circule entre lui et moi. Le pion se balade dans les bancs et se rapproche de nous. Je m'empresse de faire disparaître la feuille sous mes fesses. Il serait encore capable de vouloir savoir ce que nous y avons écrit.

3

Mademoiselle Laurent est absente pour deux mois ! La secrétaire du directeur nous a annoncé la nouvelle sans le moindre tact. On aurait dit qu'elle racontait ce qu'elle avait acheté au marché matinal !

– Je vous annonce que l'absence de mademoiselle Laurent durera deux mois et que vous aurez une remplaçante à partir de demain.

Elle est sortie sans un mot d'explication de la classe, la tête haute, en balançant les deux pamplemousses qui lui servent de seins.

La petite voix criarde ne cesse de retentir dans ma tête. La catastrophe ! Nous ne savons même pas pourquoi la belle Sylvie nous lâche. Serait-elle malade ? Aurait-elle eu un accident ? Serait-elle enceinte ? Maintenant c'est moi qui me pose toutes les questions que Réginald serinait tout à l'heure. Ghislain, Réginald et moi, membres fondateurs du Codéchop, sommes persuadés que personne n'arrivera à la cheville de mademoiselle Laurent. Pour nous, c'est certain : la remplaçante aura la vie dure. Qu'elle n'aille surtout pas s'imaginer qu'elle pourra un instant prendre la place de notre idole ! La pauvre ! Avant même de la voir, nous la rejetons. Mon cher père dirait que nous n'avons aucun sens de la nuance, que nous sommes injustes.

Le cours de géographie se termine dans dix minutes. Je n'écoute plus rien, entièrement submergé par la nouvelle. Le petit bonhomme gris qui baragouine devant nous n'a d'intéressant que son sale caractère. Je suis son cours juste pour obtenir la moyenne des points. Lui, je l'observe. Il est le portrait type de l'être humain que je ne veux pas devenir : maniaque, raisonnable et sans relief. Le genre d'homme à côté de qui on passe sans le remarquer et qui vous aboie méchamment dans le dos pour vous faire savoir qu'il existe. Il devrait s'appeler monsieur Roquet, ça lui conviendrait mieux que monsieur Deschamps. Plus je l'observe, plus j'apprends tout ce que je dois faire pour ne pas être comme lui. Dans ce cas-ci, mon père dirait que je forme ma personnalité en réaction à l'autre. Il emploie toujours des phrases compliquées pour exprimer la vie ordinaire. Quand il me parle ainsi, je lui réponds qu'il a un style de courtier d'assurances.

– Tu parles comme un contrat en responsabilité civile, papa. Si tu veux que je te comprenne, exprime-toi en français.

Alors, il hausse les sourcils et ne me dit rien. Il doit penser qu'il ne réussira jamais à me transformer en génie.

Quand la cloche fait enfin taire le prof de géographie, nous sortons tous de l'école en nous posant la même question : qui va remplacer mademoiselle Laurent ? Même les filles se demandent quoi. Nous ne savons qu'une chose : la secrétaire du directeur a parlé d'une « remplaçante ». Pas question pour Aurélie et ses copines d'imaginer qu'elles vont avoir Roch Voisine comme prof de français ! Elles râlent. Aurélie me dit qu'elle espère que la remplaçante sera moche comme un pou. Moi, je n'ai jamais vu un pou de près et je lui demande pourquoi elle en veut à ces pauvres bestioles. Comme d'habitude, ma réplique la laisse bouche bée, preuve qu'on peut être première de classe et sans imagination.

Même les gens les plus intelligents, on peut parfois les surprendre. Il suffit de les sortir de leur petit monde et ils sont perdus. Plus tard, je veux être quelqu'un qui s'adapte à presque toutes les situations. C'est la meilleure façon de ne pas paraître idiot sans trop devoir se fatiguer. Encore une idée qui ferait frémir mon père. Ma mère, ça devrait plutôt lui plaire. Mon artiste préférée ! Elle peut passer des journées entières à dessiner. Elle s'enferme alors dans son atelier et on ne la voit plus. Même pas aux repas. On est condamné aux spaghettis bolognaise ou à l'omelette au jambon que le père nous prépare. Anne-Laure n'aime pas cela et se rend insupportable. Ce sont les seules fois où mon flemmard de père s'énerve. J'aime bien le voir comme ça, les joues rougies et les yeux brillants de colère : ça le rajeunit. Enfin, on dirait qu'il vit !

Sur le chemin du retour, ça discute ferme. Rachid affirme que mademoiselle Laurent fait une dépression nerveuse. Où va-t-il chercher une bêtise pareille ?

– Elle est trop chouette avec les élèves, dit-il. Elle a dû se faire ramasser par le directeur.

Philippe lui répond qu'il réfléchit comme une pantoufle. Je suis de son avis. Le directeur doit être bien content d'avoir une prof comme Sylvie Laurent dans son école. Mais Rachid n'en démord pas : si ce n'est pas le directeur, ce sont les autres profs qui veulent du mal à notre enseignante préférée ; ils sont sûrement jaloux d'elle.

– À l'école, c'est comme dans la société, les mecs ; on désire toujours ce qu'on n'a pas. Elle est belle, elle est intelligente, elle est sympa. Les autres, ça doit les faire gerber. Ils décident donc de l'ennuyer et elle, ça lui fiche les nerfs en boule et elle déprime. Une absence de deux mois, ça ne s'explique qu'ainsi.

Il a des arguments, c'est vrai, mais mademoiselle Laurent me décevrait si je savais qu'elle fait une dépression nerveuse. Moi, je penche plutôt pour la thèse de l'accident. Constantin et Philippe sont de mon avis, mais Rachid ne s'avoue pas vaincu pour autant. Nous parions un repas au Mac Donald que nous avons raison. Il accepte. Il faudra que je mette les services secrets du Codéchop sur l'affaire pour connaître la vérité.

Réginald et moi, nous irons au secrétariat demain matin et nous tenterons de savoir quoi. Ce ne sera pas évident, car Seins-pamplemousses, la secrétaire, est froide comme un glaçon et muette comme un mort. Je compte sur mon art de séduire. Faire craquer la secrétaire est un beau défi !

4

Il n'y a pas de mot pour traduire ce que je ressens. Désastre, catastrophe, déluge sont des compliments. Il faudrait inventer un terme qui exprime ce qu'ils veulent dire à la puissance dix mille pour approcher un peu de la vérité. Même les filles sont de notre avis : la remplaçante de mademoiselle Laurent est un monstre.

Petite, trapue, raide et pleine de boutons, elle cache ses yeux ternes derrière de grosses lunettes en métal. Elle aurait un vélo sur le nez qu'elle ne serait pas plus moche. Chichiteuse, radoteuse, rabroueuse, emmerdeuse et affreuse. Elle a des cheveux poivre et sel qui lui pendent le long des joues comme des spaghettis trop cuits et qui lui donnent un air gluant qui couperait l'appétit à un boulimique. Je suis sûr que Darwin n'aurait pas voulu d'elle dans son schéma de l'évolution, à moins de l'utiliser comme chaînon manquant pour faire le lien entre le singe et l'homme. Et encore ! Même lorsqu'il imite l'homme de Néanderthal, Winnie l'ourson, notre prof d'histoire, ressemble à Apollon à côté d'elle. Madame Grivet, puisqu'elle porte un nom humain, est une erreur de la nature. Je suis dur et injuste ! Mes parents m'en voudraient de m'entendre considérer quelqu'un ainsi. Je les entends déjà :

– Ce n'est pas parce que cette dame ne ressemble pas à un mannequin que tu dois la traiter de cette façon.

– Sois moins méprisant, moins méchant !

Malheureusement, ce n'est pas mon fort. Je sens qu'il ne va pas falloir beaucoup d'heures pour que je la déteste plus encore que me lever. Pour écouter son cours, il me faudra autre chose qu'une mère-clairon ! À une femme pareille, même un pacifiste déclarerait la guerre. Elle est entrée en classe en claquant des talons, a posé d'un air supérieur un vieux cartable sur le bureau de notre chère mademoiselle Laurent, nous a englués dans son regard de myope, a toussoté trois fois comme si elle allait commencer une pièce de théâtre et a lancé d'une voix aiguë et criarde :

– Prenez vos cahiers, asseyez-vous, je suis la remplaçante de madame Laurent.

Mademoiselle, imbécile ! ai-je pensé tout bas. Il n'avait pas fallu qu'elle dise une phrase pour que je l'aie dans le nez. Ça commençait bien. Nous nous sommes tous regardés d'un œil inquiet et nous avons fait ce qu'elle nous demandait. Ma mère me dit toujours qu'avant de juger quelqu'un, il faut lui laisser sa chance. Elle a donc commencé son cours dans un silence boudeur. Même Aurélie et sa copine Françoise, les bonnes élèves, faisaient la moue. Devant nous, le monstre débitait des mots qu'aucun de nous ne réussissait à rassembler. Nous étions trop dégoûtés ; j'avais, au fond de la bouche, une odeur de chou de Bruxelles qui me donnait envie de vomir. Je n'en revenais pas : comment une prof pouvait-elle provoquer ça ? Réginald m'a passé un bout de papier sous le banc. Il avait griffonné en plein milieu : « Quel vomitif, cette bonne femme ! » J'ai acquiescé en faisant la grimace. Encore une comme celle-là et je tartinais mon petit déjeuner sur la tablette.

C'est grâce au pion que nous avons appris son nom. Elle n'avait même pas eu le tact de se présenter. Il est entré dans la classe vers le milieu du cours et a prononcé un retentissant « Bonjour, Madame Grivet ! » Il nous a dicté une note au journal de classe et est ressorti sur un « Au revoir, Madame Grivet ! » dit sur un ton plus bas cette fois. Sans lui, nous aurions quitté la classe sans savoir à qui nous avions affaire.

Elle est ignoble. Elle donne cours pour elle, sans se préoccuper le moins du monde de nos réactions. Il suffit que nous chuchotions pour qu'elle se retourne et nous menace des pires sanctions en hurlant. Un zéro, une visite chez le directeur, un jour de renvoi... Elle est nulle. Elle gaspille ses munitions. Que fera-t-elle quand elle nous aura tous punis ? Il arrivera bien un moment où il faudra qu'elle arrête. Alors, nous, nous commencerons.

Quand la sonnerie retentit, nous soupirons tous de plaisir. Nous sortons de la classe sans un mot, sous son regard terne et maladif. J'ai la même impression que lorsque je suis allé à l'enterrement de mon grand-père. Il fait mortel. Réginald me donne un léger coup de coude dans les côtes et dit :

– Qui a mis au monde un être pareil ?

– La femme de l'incroyable Hulk ou quelque chose du genre.

Lorsque nous pénétrons dans le local de physique, le prof nous observe d'un œil surpris. D'habitude, il est obligé de pousser une gueulante pour obtenir le calme. Il commence à donner son cours dans un silence glacial. Nous prenons note de ce qu'il dit sans pourtant y prêter la moindre attention. Nous avons tous le cerveau envahi par ce qui vient de nous arriver ; comment tiendrons-nous le coup pendant deux mois avec une femme pareille ?

Le prof pose une question à Aurélie et, pour la première fois de sa vie peut-être, elle rougit et se met à bredouiller. Elle n'écoutait pas ce qu'il racontait. Il explose :

– Mais, enfin, que vous arrive-t-il aujourd'hui ? On dirait que le ciel vous est tombé sur la tête !

– C'est pis que ça, Monsieur, intervient Constantin. Nous venons d'avoir français avec la remplaçante de mademoiselle Laurent.

– Elle est donc si terrible que ça ?

– Elle nous fiche le cafard, répond Véronique,

une des grosses têtes de la classe, ennemie d'Aurélie, avec qui elle est toujours en compétition.

– Moi, elle me fait gerber ! dit Philippe d'un air dégoûté.

– Restez poli ! intervient le prof en haussant le ton. Ce n'est pas parce qu'un professeur ne vous plaît pas qu'il faut faire un tel drame.

– Vous n'êtes pas à notre place, dis-je. Et je ne vous souhaite pas d'y être !

– Laissez passer le temps ; les choses se calmeront. Chacun est différent. Vous faites un apprentissage de votre future vie en société. Vous devez apprendre à vous adapter à tous les caractères, conclut le prof.

Il reprend son cours, comme si de rien n'était. Tout le monde est un peu plus décontracté. Ça nous a fait du bien de nous décharger pendant quelques secondes. La suite de l'heure se passe dans le calme. Je suis installé près du radiateur et je somnole joyeusement. Si je pouvais m'emmitoufler dans mon sac de couchage, ce serait parfait. Il n'y a pas d'endroit que je préfère à celui-là. Mes parents comprennent mal ma passion du sommeil : c'est le moment où se réalisent les plus grands événements. Dans mon lit, je recrée le monde et personne n'est là pour me contredire.

La sonnerie de la récréation me sort de ma torpeur. Le prof de physique est sympathique, mais pas vraiment excitant. Il en faut beaucoup pour motiver un ado, surtout un paresseux révolutionnaire de mon genre. Certains profs y ont réussi et mademoiselle Laurent fait partie d'eux. Qu'est-ce qu'elle peut donc avoir pour être absente pendant si longtemps ?

C'est le moment de se renseigner. Réginald et moi, nous nous dirigeons vers le secrétariat. Quand nous entrons, madame Seins-pamplemousses tape sur le clavier de son Macintosh. Elle termine sa phrase avant de lever la tête ; elle nous demande ce que nous désirons. Elle porte un pull moulant et, à chacun de ses gestes, sa poitrine brinquebale sous la laine. Ça doit mettre le directeur dans tous ses états d'avoir une secrétaire pareille ! Ils ont plus ou moins le même âge : la bonne quarantaine. Avec un peu d'imagination, je pourrais en raconter des histoires sur leur dos, mais je n'ai pas l'esprit à ça. Seule mademoiselle Laurent importe. Tous les membres du Codéchop veulent savoir ce qu'elle a.

– La vie privée de mademoiselle Laurent ne vous intéresse pas, me répond froidement madame Seins-pamplemousses. Contentez-vous de bien travailler avec sa remplaçante. Nous ne vous en demandons pas plus.

Tu parles d'un accueil ! Réginald doit avoir autant envie de la gifler que moi. Nous restons cloués devant son bureau, prisonniers de notre mauvaise humeur. Elle est à nouveau penchée sur son Mac et nous ignore superbement.

Je respire un bon coup et réussis à sourire. Je toussote pour attirer son attention et, au moment où elle relève la tête, elle rencontre mon visage de grand séducteur. Plus d'une a déjà craqué devant mon irrésistible charme. Est-ce que je pourrai ajouter Seins-pamplemousses à la liste de mes conquêtes ? Elle me regarde et ses yeux semblent s'adoucir légèrement. Sa mâchoire demeure crispée et agressive.

– Que voulez-vous encore ? questionne-t-elle mécaniquement.

– S'il vous plaît, Madame, vous n'allez pas nous refuser un si petit service. Je suis certain que ça fera plaisir à mademoiselle Laurent de savoir que nous nous préoccupons de sa santé.

– Écoutez, jeune homme, n'insistez pas. Quand je dis non, c'est non !

Vieille pie, va ! Elle ne fond même pas devant ma beauté. Je ne trouve rien à lui répondre.

– Allez, viens, me souffle Réginald en me tirant par la manche de ma veste.

Nous sortons du secrétariat sans un mot. Seins-pamplemousses ne perd rien pour attendre. Nous lui revaudrons son mauvais coup un de ces jours.

5

Le monstre nous regarde entrer dans la classe. Quand je passe devant elle, j'ai envie de lui tirer la langue. J'ai une demi-tête de plus qu'elle. Je suis sûr que ça lui fait peur. C'est le troisième jour que nous avons cours ensemble et elle a déjà appris à me connaître. Ce matin, ma mère m'a conseillé de faire attention, de conserver mon calme coûte que coûte. Elle sait bien que lorsque je m'énerve, je n'ai pas de limite. Un dimanche, parce qu'elle voulait que je me lève alors qu'il n'était que midi, je me suis mis à hurler dans mon sac, tellement fort qu'elle est sortie de ses gonds. Elle nous a saisis, mon sac et moi, et est allée nous jeter au milieu du jardin. Mon père et Anne-Laure étaient dans la véranda et se tordaient de rire.

– Ne te mets pas à crier sur ta prof comme tu l'as fait ce jour-là, tu aurais de graves problèmes, m'a-t-elle rappelé ce matin en me faisant un câlin sur la tête.

Dans la voiture, mon père m'a répété la même chose. Il a ajouté qu'ils pourraient difficilement me défendre si je dépassais les bornes de la bienséance. Encore une belle phrase, me suis-je dit, cher papa faiseur de contrats incendie. J'ai l'impression qu'ils sont inquiets. Il faut dire que je les bassine avec la remplaçante de mademoiselle Laurent. Il n'y a qu'Anne-Laure que ça amuse. Elle veut que je lui raconte tout ce que nous faisons en classe, elle veut savoir comment la prof réagit.

Réginald, Ghislain et moi avons déclaré la guerre à madame Grivet. Elle ne nous échappera pas. Hier, je n'ai pas arrêté de lui poser des questions pendant qu'elle donnait cours. Au début, elle a répondu sans trop se méfier, mais petit à petit, elle est devenue coupante et ça s'est terminé par un « Raphaël, maintenant, taisez-vous ! » Elle avait les joues rouges et le nez piqué de petits points blancs. Quand elle a crié, j'ai cru qu'elle allait perdre son dentier. Sûr qu'alors, même une fille comme Aurélie se serait amusée.

Elle et Françoise affirment que je suis fou, que je risque trop.

– Tu sais bien qu'en fin de compte, ce sont toujours les profs qui ont raison. Tu vas te faire avoir bêtement. Elle est plus forte que toi.

Avec des raisonnements pareils, on ne va pas loin. Ces filles-là seront les moutons de la société à venir. Elles ne chahutent pas parce qu'elles craignent de se faire mal voir. Je leur ai expliqué que celui qui ne risque rien perd tout. Si Christophe Colomb a découvert l'Amérique, c'est parce qu'il n'a pas écouté ceux qui lui disaient de ne pas partir. Aurélie a haussé les épaules et m'a répondu que je réussissais toujours à justifier ma bêtise. Ce n'est pas aujourd'hui qu'elle et moi, nous serons sur la même longueur d'onde.

Comme hier, madame Grivet parle des techniques du récit. Narrateur, mandateur, destinataire, auxiliaires, opposants et tout le tremblement. Mademoiselle Laurent a déjà abordé le même sujet, mais de façon intéressante, elle ! Après nous avoir lu un texte palpitant, c'était une histoire policière drôlement bien tournée, elle nous a expliqué comment reconnaître les différents acteurs du récit. Sa voix chaude, sa longue chevelure blonde ondulant au fil des phrases, son sourire charmant, je me croyais sur une plage des Tropiques en train de siroter un cocktail rafraîchissant en face de Miss Univers. Le rêve, quoi ! Avec Grivet, c'est la déprime. Je préférerais encore me retrouver à faire un jogging dans les rues du centre-ville à six heures de l'après-midi. J'ai une boule dans la gorge et je dois faire tous les efforts du monde pour conserver mon calme. Elle nous lit un texte de Voltaire et le découpe en petits morceaux au fil de sa lecture. Pauvre Voltaire ! Il doit se retourner dans sa tombe ! Si, en écrivant ses bouquins, il avait dû penser à tout ce qu'elle raconte, je suis sûr qu'il n'aurait pas survécu à son premier livre. Je ne comprends pas que ceux qui rédigent les programmes, que ceux qui décident de nous assommer de matières ne se disent jamais qu'une école qui n'est pas axée sur la vie ne peut pas motiver les jeunes. L'école devrait éveiller notre curiosité et nous lancer dans l'existence : elle ne réussit souvent qu'à nous apprendre la passivité, qu'à tuer notre côté créateur.

C'en est trop. Je fais un signe à Réginald. Il faut créer une diversion. Je me mets à tapoter le banc avec mon stylo. Réginald m'imite. La prof n'a encore rien remarqué. Constantin, qui est assis à deux bancs de nous, a compris : il ne faut pas trois secondes pour qu'il s'y mette à son tour. Un tic, tic plus lointain lui répond. C'est Philippe qui lance le rythme à l'autre bout de la classe. Cette fois, la prof nous entend, mais elle fait semblant de rien et poursuit sa lecture. Dans la rangée près de la fenêtre, Rachid tapote aussi. Il frappe sur le banc avec un crayon et le son qu'il produit est un peu plus mat que le nôtre. La prof élève la voix et le texte de Voltaire se transforme en un cri :

– C'est fini, ouuiiii !

Elle craque. Ses yeux font de gros bonds derrière ses lunettes. Pour hurler, elle a ouvert la bouche et nous avons droit à une visite gratuite du palais des horreurs : si elle a autant de plomb dans la cervelle que dans la bouche, elle doit être vachement intelligente. Avant la fin de son cri, nous arrêtons tout mouvement avec nos stylos. Ghislain, le petit blondinet au visage d'angelot, demande doucement :

– Qu'est-ce qui ne va pas, Madame ?

Si elle était un chewing-gum, elle se transformerait en ballon et nous éclaterait au visage. Elle rougit si bien que nous songeons tous, instantanément, à madame Pivoine. À deux, elles pourraient créer un club. Elle nous regarde avec des yeux méchants et nous lance d'un ton vengeur :

– Je vous aurai tous, petits morveux !

Elle exagère ! Je n'ai pas l'habitude de me laisser insulter par n'importe qui. Je lance un clin d'œil à Réginald. Nous entamons la phase deux des opérations. Pendant qu'elle regarde vers la fenêtre, je tape trois fois sur mon banc avec mon stylo. Quand elle tourne la tête dans ma direction, Rachid commence de son côté. Toc, toc, toc. Elle pousse sa chaise en arrière, se lève et s'avance dans la rangée d'où provient le bruit. Rachid ne bouge plus. Elle dépasse les trois premiers bancs et, à cet instant, le toc, toc, toc retentit derrière elle. Philippe vient de prendre la relève. Elle se retourne presque instantanément comme Lucky Luke quand il sent les Dalton dans son dos. Elle fait deux pas vers Isabelle, une fille sympa qu'on n'entend jamais et lui hurle :

– C'est vous, Mademoiselle ?

Un « Non, Madame » poussé par une voix tremblotante la fait se retourner une nouvelle fois. Toute la classe éclate de rire et ça évite qu'elle me repère. Elle se dirige en claquant des talons vers son bureau, plus rouge encore que tout à l'heure, donne un grand coup de poing sur la pauvre tablette de bois et glapit un « Sileeence » hystérique.

Elle est au bord de la crise de nerfs. Quel gâchis ! Si nous allons plus loin, nous risquons des ennuis. Notre éclat de rire s'éteint lentement. Elle s'assied sur sa chaise, saisit son livre d'une main tremblante et reprend la lecture de Voltaire. Cette fois, sa voix chevrote. Je me retiens de lui dire qu'elle me fait penser à un mouton. Elle est capable de me balancer un jour de renvoi. Ma mère serait fière de moi : je me montre drôlement prudent.

Le cours s'achève dans une atmosphère bizarre. Nous avons tous l'impression qu'un orage se prépare, mais il ne se passe rien. Je suis certain qu'elle a peur de nous. Tout en lisant, elle ne cesse pas de jeter des petits coups d'œil vers notre groupe. Elle s'imagine peut-être que soudain quelqu'un va se lancer sur elle et la poignarder ! La cloche retentit et nous libère. Elle nous regarde sortir sans un mot. J'ai l'impression que sa mâchoire tremble légèrement quand je passe près d'elle. Elle m'en veut, elle nous en veut, c'est certain. Si elle se plaint au directeur, elle devra avouer que nous la chahutons. Si elle ne dit rien, elle sera obligée de trouver une façon de se faire respecter. Ce n'est pas en hurlant comme aujourd'hui qu'elle y réussira. Ce matin, en me conduisant au métro, mon brave père m'a dit qu'il n'aimerait pas se trouver à sa place. Je répète ses mots :

– Une bande de gugusses comme tes copains

et toi, ça ne doit pas être facile à encaisser tous les jours.

Pour une fois, il parlait mon langage !

6

Ça y est ! Je sais ce qui est arrivé à mademoiselle Laurent ! Tout à l'heure, j'ai surpris une discussion entre les profs de mathématiques et de biologie. Ils bavardaient dans le couloir entre deux cours. Nous attendions pour entrer dans le local de sciences et, comme j'étais le premier du rang, j'ai tout entendu.

– Au fond, tu sais comment va Sylvie ?

– Oui, j'ai eu des nouvelles hier. Elle se rétablit doucement et rentrera chez elle dans une dizaine de jours.

– Un accident idiot !

– Moi, je ne m'amuserais pas à des sports pareils. Quelle idée de faire du patin à glace !

– Et de s'arranger ainsi en glissant bêtement. Une commotion, deux côtes brisées et le fémur en morceaux ! Elle l'aurait fait exprès qu'elle n'aurait pas fait mieux.

Ensuite, les deux profs se sont tus et ont pris leur classe. Maintenant, nous avons biologie. Je n'écoute pas un traître mot du cours. Je pense à mademoiselle Laurent, je l'imagine en train de glisser sur une patinoire, tournoyant sur elle-même, virevoltant dans une mini-jupe blanche qui met en valeur ses cuisses bronzées. Le fantasme total ! Ça m'excite encore plus que d'écouter du hard. Réginald me jette des petits coups d'œil curieux. Il doit se douter de quelque chose. Sûr que si je lui raconte ce qui se passe en moi, il me charriera à mort en déclarant que c'est moi qui suis amoureux de la belle Sylvie, pas lui !

À la fin de l'heure, je me dirige vers le bureau du prof. Ma décision est prise. Je vais lui demander où se trouve mon enseignante préférée. En tant que président du Codéchop, je me dois au moins d'avoir ce culot-là. Le prof de biologie est sympa. Son cours est bien fichu, intéressant même, et ce n'est pas le genre de type à nous chercher des embrouilles. Il utilise un truc génial pour ne pas se faire chahuter : quand il y a trop de bruit dans la classe, au lieu de s'égosiller comme madame Grivet, il se tait. Tac, plus un mot. Il attend simplement que l'orage passe. Ça fonctionne presque à tous les coups. Si nous sommes vraiment trop nerveux, il nous précise gentiment que, pour lui, la matière est considérée comme vue et expliquée, même si nous ne lui donnons pas l'occasion de nous l'enseigner. Tout ça sans s'énerver le moins du monde et sans élever la voix. Jusqu'à présent, il a eu le dernier mot. Il se fait respecter et est toujours prêt à nous écouter si nous avons un problème. Le courant passe ; c'est tellement plus simple.

– Monsieur, je voudrais vous demander quelque chose d'indiscret.

Je ne sais pas si mon entrée en matière est la bonne, mais je n'en trouve pas d'autre. Derrière moi, à la porte de la classe, Réginald me surveille du coin de l'œil. Il m'attend et doit se demander pourquoi je m'approche du prof. Ce n'est vraiment pas dans mes habitudes ! Le prof se penche vers moi et me répond.

– Il n'y a pas vraiment de question indiscrète, Raphaël, il n'y a que les réponses qui le sont. Que veux-tu savoir ?

Le philosophe ! Une phrase digne de mon père ! Je n'ai pas le temps de chercher à la comprendre.

– Voilà ! Tout à l'heure, Monsieur, j'ai entendu que vous parliez de mademoiselle Laurent. Je voudrais savoir comment elle va.

Le prof a un petit sourire.

– Tu joues à l'espion, maintenant ? Tu sais que ça ne se fait pas ?

– Oh, je vous ai entendu sans vraiment le vouloir ! Vous étiez trop près du rang, c'est tout.

– Alors, ta question est inutile. Tu as dû comprendre qu'elle allait mieux.

– Oui, mais est-il possible de lui rendre visite ? Elle est à l'hôpital ?

– Ce n'est pas moi qui décide si tu peux la voir ou non. Téléphone à l'hôpital Saint-Jacques et demande à lui parler si tu y tiens tellement.

– Merci pour les renseignements, Monsieur.

Le prof hausse les épaules et retourne à ses papiers. Je rejoins Réginald à l'entrée de la classe. Je souris tellement fort qu'il me demande si je cherche à me mettre les oreilles dans la bouche. Dans le couloir, je lui raconte tout ce que je sais. Il a l'air aussi satisfait que moi. Nous décidons d'aller rendre visite à mademoiselle Laurent. Ce soir, je lui téléphonerai de la maison.

Tout à notre joie, nous avons oublié que nous avions français. Les autres sont déjà entrés en classe quand nous arrivons devant le local. À travers la vitre, nous voyons madame Grivet qui gesticule sur l'estrade. Aujourd'hui, elle porte un tailleur gris perle qui la vieillit de dix ans. Avec ses bas nylon brun foncé, ses grosses chaussures noires et sa tête de cloche, elle ressemble plus à un épouvantail qu'à une femme. Je l'imagine très bien, les bras en croix, au milieu d'un champ pour effrayer les corneilles et les moineaux. Nous sommes à peine entrés dans la classe qu'elle nous interpelle :

– Votre retard est-il justifiable ?

– Nous devons vous inventer une excuse, Madame ? répond Réginald sur un ton moqueur.

– Nous avons bêtement demandé un renseignement à monsieur Collard, dis-je pour réduire l'effet de la réplique de Réginald.

Elle ne sait visiblement pas comment réagir. Pendant quelques secondes, elle hésite entre la colère et l'indifférence. Finalement, sans doute parce qu'elle se souvient de notre chahut de la veille, elle choisit de jouer à celle que rien n'atteint.

– Asseyez-vous et prenez note.

Une fois assis, nous regardons le tableau noir. Elle est folle ! Elle a noté en tout grand : « Être, avoir, parler, finir, devoir, rendre : à recopier dans le cahier de grammaire à tous les temps et à tous les modes. » Vraiment, elle a une façon originale de donner cours. Pendant que nous grattons, elle ne fiche rien et touche sa paie. Moi, ça ne me convient pas. Si c'est la seule manière qu'elle ait trouvée pour ne pas se faire chahuter, ce n'est pas la bonne. Je croise les bras sur mon banc, laisse soigneusement mon livre de conjugaison dans mon sac et ne copie rien. Ce matin encore, parce que je ne voulais pas me lever, ma mère m'a dit que j'étais pire que Garfield. Elle a raison et, franchement, ce n'est pas à Garfield que l'on va apprendre à se reposer !

La prof remarque vite que je ne travaille pas. Elle me fixe un instant d'un œil soupçonneux. Je fais semblant de rien et regarde le plafond. Elle se lève lentement et se dirige vers mon banc. Réginald, qui l'a vue s'approcher, me donne un coup de coude dans les côtes. Lui, il a ouvert son cahier et y a tracé quelques colonnes. Il n'est guère plus avancé que moi. Quand elle arrive à ma hauteur, elle se penche sur mon cahier, pose un doigt sur ma page blanche et caquette :

– Où sont vos verbes, Raphaël ?

– Dans mon livre de conjugaison, Madame.

Ma réponse la surprend. Elle me jette un regard furieux et ajoute :

– J'exige que vous les recopiiez dans votre cahier. Immédiatement !

– Bizarre façon de donner cours, Madame. Vous êtes payée pour ne rien faire ?

Un léger brouhaha commence à s'élever dans la classe. Tous les regards sont tournés vers nous. Plus personne ne copie les verbes destinés à nous faire taire. Elle ne trouve pas de réponse à ma question. Impuissante, elle devient violente et frappe du plat de la main sur mon banc.

– Raphaël, j'exige, vous entendez, j'exige que vous recopiiez vos verbes comme tout le monde.

– Pour le moment, personne ne copie rien du tout, Madame, réponds-je en souriant méchamment.

Elle lève les yeux, voit les regards tournés vers nous ; même la brave et douce Aurélie n'a pas la tête penchée sur son cahier. Elle fait quelques pas en arrière, a un geste rageur de la main gauche et retourne vers son bureau en claquant ses gros talons sur le sol.

– Bien, puisque c'est comme ça, j'en aviserai le directeur.

– Mon Dieu, Madame, vous me faites peur !

Je n'ai pas pu retenir la phrase, elle est sortie toute seule. Ma mère dirait encore que je dois m'exercer à me taire plutôt qu'à développer mes idées. Madame Grivet devient toute rouge et crie en tendant vers moi un bras vengeur :

– Zérooo ! Vous avez zérooo !

Là, elle me met vraiment en colère. Non seulement, elle ne donne pas son cours, mais, en plus, parce que je refuse de faire un travail inutile et idiot, elle me fait perdre des points. De nouveau, les mots sortent avant que j'aie le temps de les retenir :

– Mettez-m'en deux, ça me fera un vélo.

Elle me fusille du regard, ses lèvres tremblent de colère retenue. Cette fois, elle n'est plus rouge comme madame Pivoine, mais blanc jaune comme une vieille endive. Elle devrait animer des sons et lumières ; elle y aurait son succès. Dans la classe, plusieurs élèves se sont mis à ricaner. Pendant un instant, je crois qu'elle va pleurer. Elle est tellement pâle qu'on peut presque voir le tableau par transparence. Et si elle s'évanouissait ? Elle est plus résistante qu'elle n'en donne l'impression. Elle réussit à se ressaisir et à articuler lentement :

– Vous me copierez tous les verbes deux fois, vous m'entendez, deux fois. Ceux qui ne le feront pas auront zéro au bulletin.

Sur son cahier, au milieu de la page, en rouge à travers les colonnes qu'il y a tracées, Réginald écrit en grand : « Va te faire foutre, mémère ! »

Je n'en reviens pas ! Comment madame Grivet a-t-elle réussi à être prof si longtemps sans se rendre compte que l'enseignement, c'est avant tout un échange entre humains ? Il ne suffit pas de donner de la matière et de sanctionner les élèves qui ne réagissent pas comme le prof le désire. Trop de profs tuent l'envie d'apprendre en imposant aux jeunes une vision du monde dépassée. Heureusement, ils ne font pas tous partie de cette catégorie : ils sont même plus nombreux à être intéressants que débiles, mais notre esprit d'adolescents en révolte se braque plus sur le négatif que sur le positif. Pourquoi l'école ne nous éduque-t-elle pas à voir le monde en beau ? Peut-être que ça nous donnerait envie de l'être !

Avant la matière, un prof doit communiquer son enthousiasme à ses élèves. Si mon artiste de mère enseignait, nous aurions certainement les cahiers moins remplis de belles phrases, mais sa passion est tellement contagieuse qu'elle finirait par nous la transmettre et n'est-ce pas là le plus important ?

7

Ce qui est idiot quand on décide de chahuter un prof, c'est que la classe ne réussit jamais à se mettre entièrement d'accord. Il y a toujours des élèves qui ont peur de se mouiller. Pourtant, après ce qui s'est passé lors de la dernière leçon, j'ai bien cru que tout le monde allait se révolter. Même Aurélie et Françoise sont sorties en rage de la classe et ont dit que madame Grivet était la prof la plus nulle qu'elles avaient jamais eue. Personne ne voulait copier les verbes deux fois.

Réginald est rentré avec moi à la maison. Ça nous arrive de passer une nuit chez l'un ou chez l'autre. Nos parents se connaissent un peu et s'entendent bien. J'aime quand Réginald dort chez moi. On passe la moitié de la nuit à discuter de nos projets et à nous raconter des blagues. Nous parlons et rigolons tout bas pour ne pas éveiller les parents. Parfois, mon père se met à ronfler. On dirait un ours qui a le nez bouché. Le matin, quand ma mère lui en fait la remarque, il affirme toujours que ce n'est pas vrai, qu'il ne ronfle pas, qu'elle doit rêver. Un jour, je lui ai dit que maman avait raison et il m'a répondu, d'un ton boudeur, qu'entre hommes, nous pourrions au moins être solidaires. Ma mère s'est mise à rire et lui a lancé qu'il n'était qu'un horrible macho. Il a haussé les épaules en murmurant que, puisque c'était comme ça, la prochaine fois, il dormirait dans la baignoire.

Mes parents s'entendent bien et c'est chouette. Comme le déclare Anne-Laure en prenant de grands airs, nous vivons dans un milieu équilibré. Si ma mère ne jouait pas au clairon à six heures du matin pour m'envoyer à l'école et si elle ne me harcelait pas, au moins deux fois par semaine, pour que je range ma chambre ou que je remplisse le lave-vaisselle, je pourrais m'affirmer parfaitement heureux. Du moment qu'on me laisse dormir dans mon sac de couchage et que l'on me nourrit copieusement, je ne suis pas difficile. Si ma chère mère pouvait comprendre cela une fois pour toutes, notre vie à la maison en serait drôlement simplifiée et je pourrais consacrer toute mon énergie à me reposer, à digérer et à réfléchir à la façon de faire souffrir madame Grivet.

Ma mère et mon père commencent à être drôlement préoccupés par mes relations avec la prof de français. Ils demandent à Réginald s'il la déteste autant que moi et si tout ce que je raconte à son sujet est vrai. Il leur répond que la réalité est pire encore et que je n'exagère certainement rien. Ils ne réagissent pas tout de suite, mais je les sens soucieux, pris entre deux feux, l'envie de me donner raison et celle de défendre la prof.

– Maman, dis-je, tu sais très bien que, lorsque j'explose, plus rien ne m'arrête, mais aussi que je ne sors jamais de mes gonds sans raison. Cette prof n'est pas à sa place. Elle est incapable de donner un cours correct et de se faire respecter. Toi, Papa, tu dirais que, dans le privé, quelqu'un qui travaille comme ça perdrait sa place sine die.

J'ai enfin réussi à la placer celle-là ! Une belle expression latine, citée au cours d'histoire la semaine dernière par Winnie l'ourson. Mon père semble ravi que j'augmente sensiblement le niveau de mon vocabulaire. Il me sourit en mâchant lentement le délicieux rôti de dindonneau aux ananas que ma mère a préparé pour le dîner. Quand il a avalé sa bouchée, il se retourne vers Réginald et moi et nous dit :

– Même si elle ne mérite pas sa place, elle est la prof. Nous ne pourrons pas vous donner raison si vous êtes grossiers avec elle et il me semble que vous ne vous en privez pas.

– C'est un apprentissage de la vie en société, ajoute ma mère. Il arrivera peut-être plus tard qu'une personne que vous ne supportez pas soit votre chef direct. Il faudra bien que vous vous adaptiez à elle.

Je n'arrive pas à accepter une idée comme celle-là. Elle justifie la nullité. Si je l'approuve, j'admets que madame Grivet a un pouvoir sur moi. Ça, que mes parents soient d'accord ou non, c'est totalement inadmissible. Comme le dirait ma mère, je fais ma crise et je profite à cent à l'heure de mon âge bête. Un ado, ça ne pardonne rien. Pourquoi madame Grivet ne le comprend-elle pas ? En agissant comme elle le fait, elle attise notre agressivité. Avant de connaître sa matière, un prof doit être capable de se mettre à la place des jeunes, de les comprendre. L'enseignement est mille fois plus efficace avec des profs qui ont de la personnalité. Sans ça, ils ne sont que des machines à distribuer des savoirs et ne nous stimulent pas.

Après le repas, nous sautons sur le téléphone et nous appelons l'hôpital. Réginald est assis à côté de moi, il a pris l'écouteur et il suit mon parcours de la centrale jusqu'à la chambre de mademoiselle Laurent. Je reconnais tout de suite sa voix. Quand je me présente, elle a un petit cri de surprise. C'est charmant.

– Comment sais-tu que je suis ici, Raphaël ?

– J'ai entendu que monsieur Collard parlait de votre état de santé et je lui ai demandé de vos nouvelles, Mademoiselle.

– Je vais bien, merci. Et vous tous, comment ça se passe avec ma remplaçante ?

– Mal, Mademoiselle. J'ajouterais même « très mal ».

Un court silence s'installe entre nous. Elle doit réfléchir à l'autre bout du fil.

– Et qu'est-ce qui ne va pas ?

– Ce serait trop long à vous expliquer au téléphone. Toute la classe est révoltée contre elle.

– Apprenez à vous calmer. D'ici, je ne peux rien faire pour vous.

– Vous reviendrez vite, Mademoiselle ?

– Dès que je serai guérie, c'est promis. Merci de m'avoir appelée, Raphaël.

Le petit clic de l'appareil qu'elle raccroche provoque un grand clac dans ma tête. Avoir ma plus chouette prof au bout du fil, c'est formidable ! Réginald pose l'écouteur à côté du téléphone d'un air désappointé.

– Nous ne sommes guère plus avancés, dit-il. C'était chouette de l'entendre, mais ça ne nous empêchera pas de devoir supporter l'autre andouille pendant près de deux mois encore.

– À moins qu'elle ne fasse une dépression d'ici là.

– De toute façon, tu le sais comme moi, demain, il y en aura plusieurs qui auront recopié leurs verbes. Aurélie et toute sa bande, par exemple. Je parie qu'elles n'auront pas l'audace de risquer un zéro et c'est nous que Grivet bombardera cruellement.

Rien ne va plus ! Si le secrétaire-trésorier du Codéchop laisse tomber les bras, nous n'aboutirons à rien. Il a raison ; demain, plusieurs frotte-manches auront recopié leurs verbes et ceux, comme nous, qui ne l'auront pas fait se feront ramasser. À nous d'utiliser d'autres moyens encore pour mettre madame Grivet à bout de nerfs. Je réfléchis un instant, les yeux fermés. Quand je les ouvre, une idée extraordinaire m'a traversé le cerveau. Ce ne sera pas facile de la mettre en pratique. Il faudra que j'analyse tous les aspects de la situation avant d'en parler à qui que ce soit, même à Réginald.

Nous rejoignons le salon où discutent mes parents. Anne-Laure est déjà dans sa chambre. Quand nous arrivons dans la pièce, mon père regarde l'heure et nous dit qu'il est temps d'aller nous coucher. Demain, à six heures, tout le monde est debout ! Il a vraiment l'art d'annoncer de mauvaises nouvelles avant que je m'endorme. Comment veut-il que je fasse de beaux rêves avec l'idée atroce qu'ils seront estropiés par mon monstrueux réveille-matin ?

Je me glisse dans mon sac de couchage et souhaite bonne nuit à Réginald, installé dans un lit de camp planté à côté du mien. Ma mère lui a donné une grosse couette bleu ciel au milieu de laquelle est dessiné un énorme pingouin. Seules nos deux têtes intelligentes sont encore à l'air libre. Nous sommes confortablement installés sur le dos, les écouteurs de nos baladeurs enfoncés dans les oreilles. Mes parents n'en savent rien et ça vaut mieux : pour nous lancer avec vigueur dans la nuit, rien de tel qu'un bon morceau de hard ! Ça m'éclate ! Ah, finis les doux rêves avec Blanche-Neige et les sept nains !

8

S'endormir avec du hard n'est pas à conseiller si l'on veut passer une nuit paisible. Réginald et moi, nous avons tourné toute la nuit dans notre lit. Dans un demi-sommeil, je voyais madame Grivet transformée en percussionniste, battant les caisses comme un veau de mer la glace. C'était ahurissant : ses cheveux spaghettis trop cuits volaient en bouquets dans tous les sens pendant que, de sa bouche plombée, s'envolaient des mouches violettes. L'apocalypse ! Elle avait collé des têtes de mort sur les verres sales de ses lunettes-bicyclette et elle hurlait des mots obscènes qui scandalisaient même les autres musiciens du groupe.

C'est la première fois depuis des années que je suis heureux que ma mère me réveille. Sa voix clairon m'extrait de ces images débiles et j'ouvre les yeux, tout étonné de trouver Réginald dans ma chambre. Il a l'air aussi épuisé que moi.

– Tu as bien dormi ? me demande-t-il avec une grimace.

– J'ai rêvé de Grivet toute la nuit. C'était insupportable. Comme s'il ne suffisait pas de la subir pendant la journée.

– Ça alors ! Moi aussi. J'ai fait un cauchemar où elle se transformait en grand-mère des poupées Barbie et où elle voulait toutes les dévorer. Elle leur arrachait les vêtements, les cheveux, les yeux ; c'était affreux.

Quand il apprend que moi, j'ai rêvé d'elle comme batteuse de groupe hard, il s'esclaffe. Il ajoute qu'il l'imagine mieux dans Hélène et les garçons. Nous rions tous les deux quand ma mère nous interrompt. Elle nous demande de ne pas traîner : mon père part dans vingt minutes.

Après un petit déjeuner avalé en vitesse, nous embarquons dans la Renault et nous suivons le chemin habituel. Nous nous décrochons la mâchoire toutes les trente secondes et mon père nous demande si nous n'avons pas oublié de nous endormir hier soir.

– C'est presque ça, papa. Nous avons cauchemardé toute la nuit à cause de la prof de français.

Anne-Laure qui n'est encore au courant de rien veut savoir. Heureusement, nous arrivons au coin de la rue où elle descend. Pour la consoler, je lui promets de tout lui raconter ce soir.

Mon père nous rappelle une nouvelle fois de conserver notre calme et de ne pas répondre à la prof si elle nous fait des remarques désobligeantes. Réginald et moi nous sourions en même temps. « Des remarques désobligeantes », ça fait chic comme expression ! Nous, on dirait plutôt « si elle est chiante ». C'est étrange comme le langage change d'une génération à l'autre. Parfois, je me demande si mes parents, lorsqu'ils étaient jeunes, utilisaient les mêmes termes que nous aujourd'hui. Il faudra que j'en discute avec ma mère dans un de ses jours de bonne humeur.

Dans le métro, le plan échafaudé hier pour déstabiliser le cours de français me revient à l'esprit. Sans que je m'en aperçoive, il a fait du chemin dans ma tête durant la nuit. Ce n'est pas seulement à cause du hard que j'ai rêvé de madame Grivet. Mon inconscient me soufflait les éléments qui me manquaient pour parfaire l'idée de base. Et mon père qui m'a demandé de me tenir tranquille ! S'il savait ce que je trame, le pauvre ! Constantin et Rachid sont là. Nous sommes assis les uns en face des autres et nous pouvons discuter tranquillement. Le matin, nous prenons le métro en tête de ligne et nous avons toujours de la place. Le soir, c'est une autre histoire ! Je leur expose les grands points de mon plan. Ils sont enthousiastes et applaudissent de plaisir.

– Le tout est de pouvoir s'introduire dans la classe quand il n'y a personne, dis-je.

– Il suffira de dire que nous avons oublié quelque chose dans le local et de demander la clef au concierge.

– Oui, c'est la meilleure solution.

– Moi, renchérit Constantin, j'ajouterais une inscription au tableau. « Ta tête est mise à prix »,

« À échanger : prof débile contre vieux clou rouillé », « Grivet nous vampirise » ou quelque chose du genre.

– En majuscules, alors. Il ne faut pas qu'elle reconnaisse l'écriture, précise Rachid.

– Je pense qu'il faudrait une inscription qui soit en relation avec l'acte que nous posons, dit Réginald.

Il a raison. Notre action n'en aura que plus d'impact. Nous réfléchissons tous en silence pendant un instant. Quand le métro s'arrête, Rachid se tape dans les mains :

– J'ai trouvé ! On notera : « La prof a perdu une vis. »

Pas mal. Nous acquiesçons. « La prof a perdu une vis. » Elle recevra le message avant de subir l'action. Si elle est capable de comprendre la vie au second degré, elle pourra encore échapper à notre piège. L'idée est simple : nous profitons de son absence de la classe pour visser les pieds de sa chaise au sol. Pieds en bois, estrade en bois : avec quatre vis, ce sera idéal. Il suffit qu'on prenne la visseuse de l'atelier et le tour sera joué. Rachid se chargera des vis, Constantin ira demander la clef au concierge pendant l'absence de madame Grivet, Réginald s'occupera de la note au tableau et, pendant ce temps, moi qui suis le plus bricoleur des quatre, je visserai la chaise au sol.

À la récréation de dix heures trente, le local est vide. Nous avons français juste après. Il nous faut moins de sept minutes pour mettre notre plan à exécution. Rachid a emprunté la visseuse et a pris des vis à la première heure de cours, Constantin vient d'obtenir les clefs du concierge ; Réginald et moi, nous nous mettons à l'ouvrage en moins de temps qu'il ne faut pour le dire. J'ai construit assez de caisses à savon lorsque j'étais petit et que je rêvais d'être pilote de course pour pouvoir réaliser un travail impeccable en quelques minutes. Le temps nécessaire à Réginald pour écrire son mot au tableau. Il fait du zèle ! Il écrit les consonnes à la craie verte et les voyelles en rouge ! Madame Grivet est franchement gâtée. Nous éprouvons à tour de rôle la solidité de mon ensemble et nous quittons la classe aussi discrètement que nous y sommes entrés. Le concierge récupérera ses clefs avant d'avoir l'occasion de penser qu'il les a prêtées.

Quand nous entrons en classe, nous nous régalons tous les quatre de la tête qu'elle va tirer quand elle voudra bouger sa chaise. Elle commence par rester debout et nous dit de nous asseoir. Ensuite, toujours debout, elle vide la moitié de son cartable sur le bureau : un livre, deux vieux cahiers, trois stylos, une pince à cheveux et un tube de rouge à lèvres tombés là de façon incongrue, une vieille gomme à moitié rongée ; pour un peu, on se croirait à une brocante. Elle nous demande de sortir notre cahier de grammaire et de l'ouvrir à la page où nous avons recopié nos verbes. Certains élèves se lancent des regards inquiets. Ainsi, elle n'a pas oublié la punition qu'elle nous a donnée. Alain et Luc, deux garçons dont je n'ai pas encore parlé parce qu'ils ne partagent pas vraiment mes idées sur la vie – c'est le genre de futurs jeunes cadres immobiles –, ouvrent leur cahier tout grand et l'étalent bien à plat sur leur banc. Ces deux cruches ont évidemment recopié leurs verbes : Grivet leur aurait demandé de les recopier dix fois qu'ils l'auraient encore fait ! Aurélie et Françoise les imitent. Elles non plus ne feront jamais partie d'un syndicat ! Pourtant, eux comme elles râlaient en sortant de la classe la fois passée. Papa et maman ont dû poser un baume bien doux sur leur révolte et, en un tour de main, leur faire rejoindre le rang des moutons sages. Pour moi, l'intelligence, c'est vraiment de n'être pas comme eux. C'est pouvoir se singulariser, montrer qu'on est une personne et qu'on a du caractère.

Madame Grivet qui, aujourd'hui encore, porte son tailleur gris perle, modèle arrière-grand-mère, nous fixe tous d'un œil vitreux. Réginald et moi, nous avons deux pages vierges devant nous. Il a eu la prudence d'arracher celle où il avait écrit « Va te faire foutre, mémère ! » Rachid, qui est dans la rangée à côté, a eu une autre idée. Il n'a pas plus recopié les verbes que nous, mais, pour faire bien, a photocopié les pages du livre de conjugaison en double exemplaire et a collé les feuilles dans son cahier. J'imagine le foin que fera la prof en découvrant cela.

– Mettez vos cahiers sur le coin du banc, criet-elle. Je viens les parapher dans un instant.

Et la seconde tant attendue arrive. D'un geste mou du bras gauche, elle saisit sa chaise et veut la déplacer. Rien ne bouge. Elle fronce les sourcils et recommence son geste. Ce n'est pas plus convaincant. Maintenant, elle tire brusquement dessus. Le siège gémit, mais ne bouge pas. Un son inarticulé sort de sa bouche, elle rougit, elle nous regarde, elle revient vers la chaise, tire une nouvelle fois dessus. En vain. Elle se baisse, jette un coup d'œil au sol, prend la chaise à deux mains et tente une fois encore de la faire bouger. Rien. Je bénis le gars qui a inventé la vis. Désorientée, elle se retourne vers nous, puis vers le tableau et pousse alors un grand cri. L'inscription de Réginald lui saute au visage. C'est un véritable miracle qu'elle ne l'ait pas remarquée plus tôt. C'est aussi un véritable miracle que les élèves qui l'ont vue ne se soient pas mis à rire. Les bons éléments n'ont pas osé bouger et les cancres se sont tus par solidarité avec ceux qui avaient manigancé une si belle blague.

La tension retenue se libère en un énorme éclat de rire. Tout le monde est plié en deux. Les premiers de classe aussi. Ça valait vraiment la peine que je dorme mal cette nuit pendant que mon cerveau mettait en place les derniers détails de l'affaire. Elle se retourne vers nous, l'index de la main droite tendu vers l'inscription, la bouche entrouverte, les yeux scintillants derrière ses lunettes pas nettes. J'aurais dû prendre un appareil photo pour tirer des clichés que j'aurais envoyés au musée des horreurs. Elle pose l'autre main sur le dossier de la chaise et, de nouveau, elle tente de la soulever. Rien. Nous voyons ses doigts se refermer et s'abattre violemment sur le bureau. Elle hurle :

– Mais qui m'a fichu des morveux pareils ?! De toute ma carrière, je n'ai jamais rencontré une classe de minables de votre espèce ! À tous, vous entendez, à tous, je vais enlever des points d'éducation.

C'en est trop pour les âmes innocentes. Aurélie, Françoise, Luc, Alain, Véronique parlent d'une seule voix furieuse.

– Ce n'est pas juste, Madame. Nous n'avons rien fait. Nous ne sommes pas d'accord de payer pour quelques-uns. Si vous nous enlevez des points, nos parents iront voir le directeur.

La prof est instantanément calmée. Elle se laisse tomber sur la chaise, prend un cahier dans les mains pour se donner bonne contenance. Ses doigts ont la danse de saint Guy sur la couverture. Quand elle se remet à parler, sa voix tremble. Elle fait pitié. Pendant une seconde, je m'en veux de la tourner en bourrique. Ma mère me disait hier que madame Grivet est une femme comme une autre, avec ses qualités et ses défauts et que, si j'avais plus de maturité, je ne la jugerais pas. Dans le fond, je sais qu'elle a raison, mais c'est plus fort que moi. Cette prof est trop nulle, elle me rend malade. Je n'ai pas de mesure, soit. Si ce n'est pas elle qui y passe, ce sera moi. Je préfère que ce soit elle. C'est psychologiquement ridicule, mais biologiquement défendable.

– Mes enfants, continue-t-elle, je sais que ce n'est pas vous. Mais qui, alors, qui ? Je ne peux pas admettre une telle insolence !

Mon Dieu, les petits chéris bien cotés au bulletin ont trouvé en elle une nouvelle maman ! Comment se permet-elle ? Si ma mère lui ressemblait, je la passerais au vide-ordures. Je la déteste, je la déteste, je la déteste. Son ton mielleux me donne encore plus la nausée que ses cris. Et elle poursuit :

– Cette fois encore, mais je vous jure que c'est la dernière, j'accepte de passer l'éponge si tout rentre dans l'ordre. Je veux pouvoir déplacer ma chaise. Si quelqu'un me la décolle, je n'enlèverai de point à personne. Je répète : que tout rentre dans l'ordre !

Luc intervient :

– Enfin, Madame, votre chaise était collée avant que nous n'entrions en classe. Ce n'est peut-être pas quelqu'un de notre groupe qui vous a fait ça.

Ses doigts se referment durement sur son cahier. Elle se contient pour ne pas élever le ton.

– Luc, nous n'allons pas discuter. Je veux récupérer ma chaise, c'est tout. Et, puisque vous discutez, effacez-moi cette ineptie inscrite au tableau.

Au moment où Luc s'avance vers l'estrade en haussant les épaules, Ghislain sort d'un ton ricaneur :

– Vous passez vraiment l'éponge, Madame ?

Luc qui saisit l'éponge à cet instant ne peut s'empêcher de sourire. La prof serre les dents. Cette fois, sa main empoigne le cahier comme un vieux chiffon.

– Ce qui est dit est dit, jeune homme ! C'est vous, le coupable ?

– Mais non, Madame ! répond Ghislain sur un ton scandalisé. Je n'ai rien fait, moi !

– Je ne vous accuse pas, je ne vous accuse pas, murmure madame Grivet. Je veux seulement que l'un de vous répare les dégâts.

Cette fois, nous la tenons à notre merci. Elle ferait tout pour avoir la paix. Réginald me lance un clin d'œil et lève le doigt.

– Je veux bien m'occuper de décoller votre chaise, Madame. Si ça peut vous rendre service et stopper toutes ces bêtises.

Elle semble surprise que la proposition vienne de Réginald. Elle hausse les épaules et déclare :

– Eh bien, soit. Occupez-vous de cela.

Réginald se lève et va vers le tableau. Il s'agenouille un instant près de la chaise et dit :

– Votre chaise n'est pas collée, elle est vissée. Il faut que j'aille chercher un tournevis à l'atelier, Madame. Sans ça, votre chaise ne bougera pas.

– Allez-y rapidement, nous vous attendons.

Réginald sort lentement. Nous le voyons

s'éloigner tout aussi tranquillement dans le couloir. Madame Grivet ne réagit pas. Elle s'assied à son bureau et nous fixe d'un regard vide. Personne ne bouge dans la classe. Je me demande à quoi mes copains pensent. Luc est retourné à sa place après avoir effacé l'inscription du tableau. Un gros nuage blanc a fleuri à l'endroit où il a frotté avec l'éponge sale. Je griffonne dans la marge de mon cahier. Depuis l'autre rangée, Rachid me sourit. Un calme étonnant continue de régner. C'est comme une trêve entre deux escarmouches. La prof tourne la tête de gauche à droite. Elle a croisé les bras sur la tablette de son bureau. Elle ne dit rien. Je pense à ce que ma mère me répète depuis que je lui parle de madame Grivet : elle est une femme comme toutes les autres. Peut-être. Pourquoi alors ressens-je cette haine contre elle, ce dégoût ? Même maintenant elle éveille mon agressivité. Vraiment, je ne peux pas la sentir. C'est plus fort que moi, même si ce n'est pas bien.

Réginald revient après quinze minutes. Depuis qu'elle a pris la place de mademoiselle Laurent, la classe n'a jamais été aussi calme. Madame Grivet se lève quand il entre ; elle semble reprendre du poil de la bête.

– Dépêchez-vous, dit-elle, je n'ai pas que cela à faire, moi !

– Du calme, Madame, du calme, rétorque Réginald. Je ne suis pas à l'école pour dévisser des chaises. Je le fais par bonté d'âme, c'est tout.

Elle hausse les épaules, ne répond pas, s'éloigne du bureau et va s'appuyer contre la tablette de fenêtre, à quelques mètres de mon radiateur préféré. Qu'est-ce qu'elle semble abattue ! Je me demande tout à coup pourquoi j'éprouve cette hargne contre elle. Je me dégoûte même d'agir ainsi. Si j'étais prof, un élève de mon genre, je lui aurais déjà fichu mon poing sur la figure. Je ne suis plus le doux Raphaël d'il y a deux ans. L'adolescence rend cruel. Ma mère n'a pas tort quand elle affirme cela.

Réginald toussote. Il est accroupi près de la chaise. Tout le monde suit ses gestes avec une rare application. Lorsqu'il a fini, il se redresse et soulève brusquement le siège. Les élèves applaudissent. Madame Grivet laisse faire. Il a bien fallu dix minutes à Réginald pour défaire mon œuvre d'art ! La prof se dirige vers l'estrade sans un mot. Elle dit à Réginald :

– Je ne sais pas si c'est vous qui avez vissé cette chaise au sol. Quoi qu'il en soit, merci.

– Madame, déclare solennellement Réginald, je vous jure sur la tête de ma mère que je n'ai point fixé votre siège au sol. C'est pour vous seconder dans votre dure tâche d'enseignante que je viens de le dévisser.

Madame Grivet serre les poings. Elle s'apprête à répondre quand la cloche sonne. Une heure de cours à ne rien faire ! Nous nous levons sans attendre son autorisation. Après elle, nous avons mathématiques et il s'agit d'arriver à l'heure. Elle nous regarde partir avec un air rageur. Elle ne doit plus trop savoir où elle en est, à tel point qu'elle a oublié de vérifier nos cahiers de grammaire.

9

Elle remet ça ! Décidément, elle ne comprend pas vite. Je me disais qu'après la chaise vissée, elle réfléchirait avant de nous flanquer de mauvaises notes. Madame Grivet est visiblement inconsciente ; elle a envie de souffrir. Elle se promène entre les bancs, son cahier de cotes en main. Elle met systématiquement zéro aux élèves qui n'ont pas recopié les verbes. Moi, je m'en fiche ; mes parents, évidemment, ne seront pas vraiment de cet avis. Je trouverai bien une astuce pour faire passer la pilule ; je leur dirai que, dès le retour de mademoiselle Laurent, je travaillerai mieux. Ils sont assez coulants pour ne pas me déclarer la guerre pour si peu. Mon cher père apprécie trop la paix et temporisera le plus longtemps possible. Quant à ma mère, elle me servira bien quelques discours moralisateurs, mais tant que je montrerai de la bonne volonté et qu'elle croira que je peux me rattraper, elle calmera le jeu.

Chez Réginald, c'est différent. Très différent. Ses vieux le chouchoutent et rêvent de le transformer en génie. Lui réussira tout ce qu'eux n'ont pas réussi. Alors, ça crie ferme. Chaque fois qu'il ramasse un zéro, c'est une scène de tous les diables. Sa mère l'oblige à travailler à côté d'elle et, s'il ne le fait pas, son père le menace de lui supprimer tous ses loisirs. Samedi, nous n'avons pas pu aller au cinéma ensemble. Réginald est resté enfermé chez lui tout le week-end ! Le bagne ! Il déprime. Il dit que, pour se venger, il ne va plus étudier aucun cours et que, même s'il connaît la matière, il ratera ses interros en remettant des feuilles blanches. Je ne l'ai jamais connu comme ça. Il en a marre de venir à l'école et il affirme que c'est à cause de madame Grivet que tout s'est déclenché.

Comment Dieu a-t-il pu imaginer des créatures pareilles ? Il a dû avoir un moment de distraction, ce jour-là ! Elle est là, fière de sa méchanceté et de sa bêtise, occupée à dessiner de beaux ronds creux dans son cahier de notes. C'est le troisième zéro que Réginald récolte ce mois-ci. À sa grimace, je remarque qu'il le prend très mal. Ce n'est pas possible qu'elle continue comme ça ! Elle termine son tour de la classe dans un brouhaha de mauvaise humeur. Elle s'installe à son bureau et commence à nous lire un texte. Elle s'apprête sans doute à refaire la dissection de la leçon passée. Merci, ça ne m'intéresse pas. Je croise les bras sur le banc et j'y pose douillettement la tête. Hum, ça fait du bien ! Je m'imagine dans mon lit pour encore me sentir mieux. Enroulé comme un chat dans mon sac de couchage, bien au chaud, bercé par les bruits de la maison en train de vivre pendant que moi, je ne fais rien. La voix de la prof se transforme en un grognement, dérangeant au début, mais qui diminue au fil de sa lecture. Je ferme les yeux. Le texte est long et elle lit d'une voix monotone. À ma gauche le radiateur dispense une chaleur tiède et enveloppante. Au fil des secondes, j'oublie que je suis à l'école. Des images en couleurs se dessinent sur l'écran de mes paupières. Je vois un cheval qui court dans une prairie. Il va vers un bois, s'y enfonce au galop. Je le poursuis. Je veux devenir le cavalier de ce bel étalon à la robe fauve. Mais il s'éloigne de plus en plus dans le sous-bois, je ne le vois plus, je n'entends plus que le claquement de ses sabots. Je cours encore, mais le bruit est de moins en moins fort. Il est tout à coup remplacé par un claquement de voix. C'est moi qu'on appelle. On dirait le ton de la prof de français. Oh, non ! Encore un cauchemar ! J'ouvre lentement les yeux et je sens une main qui me secoue le bras.

– Raphaël, votre attitude est inadmissible !

Cette fois-ci, ce n'est pas un rêve. Je ne suis pas dans un bois, occupé à courir derrière un étalon, je suis en classe et c'est la prof qui crie à mes côtés. Je me soulève brusquement, étonné de moi-même. Je me suis endormi en classe ; c'est la première fois que ça m'arrive ! Les autres s'amusent drôlement. Je réussis même à me faire remarquer sans le vouloir ! Madame Grivet m'a lâché le bras. Je frotte la manche où elle a posé la main. Un gros microbe comme elle, ça s'attrape. Il faut prendre ses précautions.

– Je parlerai de vous en conseil de classe. Je ne peux pas tolérer cela.

Les menaces habituelles ! Je ne me fatigue même plus à lui répondre. Elle retourne vers son bureau en claquant ses gros talons sur le sol. Aujourd'hui, elle a osé mettre un pantalon moulant et le résultat est tout bonnement consternant. Ses fesses ressemblent à deux oranges blettes qui ont perdu leur jus. Et elle a tellement de bourrelets aux cuisses que celles-ci font plus songer à des ressorts de suspension d'autobus qu'à une partie d'être humain. Ma rage d'avoir été réveillé en sursaut me fait exagérer les choses. Ma mère dirait encore que je n'ai pas le sens de la nuance.

Elle reprend la lecture de son texte. Réginald se penche vers moi et me chuchote dans l'oreille :

– Tu dormais tellement bien que tu n'as pas senti les coups de coude que je t'ai donnés quand j'ai vu qu'elle t'avait repéré.

Je souris. Si, un jour, quelqu'un organise le concours du meilleur dormeur, je m'inscris tout de suite. Je regarde les autres ; ils attendent que le temps passe. Ils ne sont pas plus attentifs que moi. Même Aurélie et Françoise. La prof lit un poème de Victor Hugo. Aurélie a les yeux tournés vers la vitre qui donne sur le couloir. Françoise griffonne dans la marge de son cahier. Dans la rangée à côté de la mienne, Ghislain s'entraîne à se tourner les pouces à toute allure sous la tablette du banc. Plus loin, Luc jette un coup d'œil sur sa montre. Près du mur, Marc se cure le nez avec un enthousiasme bête : son doigt est enfoncé tellement loin que je me demande un instant s'il n'essaie pas de se chatouiller le cerveau. Devant lui, Véronique examine ses ongles : ils brillent d'un vernis rouge vermillon qui les transforme en feux de signalisation. Le flop total. À l'audimat, Grivet serait perdante ! Supprimée définitivement de l'écran. Avec mademoiselle Laurent, aucun d'entre nous n'aurait cette attitude. Elle, on l'écoute, son cours est vivant. Même les filles jalouses de sa beauté sont intéressées par ce qu'elle dit. On supprime de l'antenne les mauvaises émissions de télévision ; il faudrait agir de la même manière avec les profs nuls.

Le cours se termine dans l'indifférence générale. Le poème de Victor Hugo est peut-être beau, mais personne n'en sait rien. Grâce au talent pédagogique de madame Grivet, nous nous souviendrons de Victor Hugo comme d'un auteur barbant. Du fond de sa tombe, le cher poète doit applaudir !

– Elle est insupportable, dit Luc en quittant la classe. On n'apprend rien avec cette bonne femme.

– C'est la première prof qui réussit à me faire roupiller, dis-je avec un sourire. Ce n'est déjà pas si mal.

Aurélie n'apprécie pas ma réflexion. Elle me caquette nerveusement dans l'oreille :

– Oh toi, Raphaël, de toute façon, tu te fiches de tout ! Mais la matière que nous ne voyons pas, il faudra l'étudier plus tard. Je n'ai pas envie de m'amuser à rattraper tout cela quand mademoiselle Laurent reviendra ou, pis encore, l'année prochaine.

Le syndrome de la bonne élève ! Ça me hérisse les poils. Ne pourrait-elle pas réagir autrement ? Pense-t-elle parfois à se détendre, à respirer profondément ? Si elle continue dans cette voie, plus tard, elle devra prendre des somnifères pour oublier son stress avant de s'endormir. Moi, c'est plutôt de stimulants dont j'aurai besoin après de bonnes nuits de douze heures !

Après chaque cours de français, il règne une atmosphère incendiaire dans notre groupe. Le prof qui nous récupère après madame Grivet a toujours besoin de quelques minutes pour nous prendre en mains. Aujourd'hui, nous avons gymnastique après le français. Terminator nous regarde entrer dans le vestiaire d'un œil curieux. À Ghislain qui râle tout haut, il lance :

– Tu as encore mangé de la vache enragée, aujourd'hui ?

– S'il vous plaît, Monsieur, n'en rajoutez pas, la vache, nous venons de l'avoir.

– Du respect, mon ami ! Du respect pour mes collègues.

– Comment voulez-vous que nous respections quelqu'un comme madame Grivet ? intervient Luc.

– Elle est si difficile que ça ? interroge Terminator d'un air goguenard.

– Oh, oui, Monsieur ! Elle vient encore de nous flanquer un zéro. Elle n'arrête pas de nous enlever des points, se plaint Alain.

– Eh bien, c'est bien fait, c'est très bien fait pour vous ! conclut Terminator avant de nous crier de nous ranger dans la salle.

Les profs, on ne peut pas compter sur eux. Ils se tiennent les coudes. Même le prof de biologie nous a dit que nous devions nous débrouiller avec madame Grivet. Il nous a expliqué que chacun est maître de son cours et que, si nous n'étions pas contents, il fallait faire intervenir nos parents. Les miens me donneraient peut-être un coup de main, mais j'imagine mal ceux de Réginald ou ceux d'Aurélie aider leur progéniture dans sa lutte pour un cours de français de qualité. Il n'y a pas cinq minutes, sur le chemin de la gymnastique, Réginald m'a dit que ce zéro-ci, ses vieux ne le digéreraient pas. À l'école, comme à la maison, ce serait la guerre. Et il a ajouté sur un ton philosophe :

– Ou je bute Grivet, ou il ne me reste plus qu'à me buter moi-même.

10

Si j'avais parié que Réginald ne ferait jamais de bêtise, j'aurais perdu. C'est mon meilleur copain et je le connais mal. Il est encore plus fêlé que je ne le pensais. Après la gymnastique, nous sortons enfin de notre cher et détesté collège. Réginald frime plus que d'habitude. Il affirme que, demain, il viendra à l'école avec un riot-gun et qu'il abattra la prof à bout portant. J'en rajoute :

– Tu lui piqueras une balle tournante entre les deux yeux. Ça lui videra peut-être le cerveau de ses tonnes d'idiotie.

Réginald rit. Dans le métro, à Rachid et à moi, il demande s'il ne ferait pas mieux de se flinguer lui. Nous lui rétorquons qu'il est fou, mais il n'en démord pas.

– Si je la bute, je devrai encore supporter la colère et le désespoir de mes parents. Si je me tue moi, je n'aurai ni Grivet ni mes parents pour me casser les pieds. J'y gagne, non ?

– Mais tu y perds aussi la vie. Je ne pense pas que ton idée soit intéressante, fait remarquer Rachid.

Réginald hausse les épaules et ne dit plus rien. Il n'a pas sa bonne humeur habituelle et ça m'inquiète. Je ne comprends pas qu'un zéro puisse autant l'émouvoir. Je rentre à la maison et, quand ma mère me demande comment ça s'est passé à l'école aujourd'hui, je lui dis que la prof de français devient de plus en plus détestable, qu'elle nous a flanqué un nouveau zéro et qu'elle déprime tellement Réginald qu'il parle de la tuer ou de se suicider. Elle ne croit pas plus que moi aux menaces de Réginald et me répète que nous avons intérêt à nuancer notre jugement. La prof n'est certainement pas aussi noire que nous la présentons.

– Tu ne dois pas la subir tous les jours, réponds-je, fâché.

– N'oublie pas qu'elle est également obligée de vous subir vous ! me dit-elle sur le même ton. Ce ne doit pas être une sinécure que de vous donner cours !

Elle se moque de moi ! Je me lève, je quitte la cuisine en claquant la porte et en envoyant ma mère au diable. Elle rit ! Oui, elle rit !

– Je suis moi ! Je suis moi ! lui hurlé-je de l'autre côté de la porte.

– Eh bien, je ne voudrais pas être à ta place, me rétorque-t-elle en continuant à se marrer.

Elle augmente ma rage et je monte dans ma chambre pour donner des coups de poing sur le mur. Dans ces moments-là, je ne veux pas reconnaître que ma mère a raison. Il suffit d'un rien pour que je ne réussisse plus à me maîtriser. Mon image de marque en prend un coup. J'en arrive même à ne plus me trouver beau et intelligent. Je me dis bêtement que mon cas est incurable et qu'un jour de fureur, je tordrai le cou à quelqu'un. Heureusement, mes colères passent vite. Elles ressemblent à des orages d'été : elles sont brusques, explosives et fulgurantes. Il ne me faut pas plus d'un quart d'heure pour me calmer. Je glisse un Queen dans mon lecteur CD et je me couche sur mon lit. Enfin dans mon monde, coupé des bruits de la maison. Anne-Laure vient de rentrer de l'école et je n'ai pas envie de l'entendre. J'écoute Queen pendant une heure. Génial. La voix de Freddie Mercury me fait planer. Plus de prof de français, plus de zéro, plus de mère moqueuse, plus de caractère soupe au lait. Si j'avais mis la musique moins fort, je me serais endormi et j'aurais peut-être retrouvé le cheval dont j'avais commencé à rêver au cours cette après-midi. Ça me ferait plaisir de savoir ce qu'il est devenu.

Quand mon père rentre à la maison, j'ai retrouvé ma bonne humeur. Je l'entends discuter dans la cuisine avec ma mère. Ils rient. J'ouvre la porte de ma chambre pour y laisser pénétrer les bruits et lentement me réhabituer à la vie commune. Assis sur mon lit, je termine une partie de game boy qui me satisfait. Je passe facilement toutes les difficultés. Décidément, je ne suis pas n'importe qui ! Je descends dans la salle à manger. Mes parents sont occupés à s'embrasser dans un coin. Ils sont incorrigibles :

ça fait plus de quinze ans qu'ils sont mariés et ils se comportent encore comme de petits lapins amoureux. Ils ne m'ont pas vu. Je toussote et, quand ils se retournent vers moi en souriant, je leur demande en ricanant :

– Vous m'offrez gratos le ciné cochon ?

Ma mère hausse les épaules et souffle à mon père :

– Ne l'écoute pas, chéri ; sa cervelle a de nouveau glissé en dessous de la ceinture.

– Heureusement que je ne porte pas de bretelles, dis-je, ta phrase serait mal placée.

Mes parents sourient, s'écartent l'un de l'autre. Mon père s'approche de moi et me passe, dans les cheveux, sa patte distinguée de courtier d'assurance, en murmurant :

– Bon sang, Raphaël, je me demande parfois si c'est moi qui t'ai fait.

– Quand je te vois, dis-je, je me fais la même réflexion : comment une lumière comme moi peut-elle provenir de ton obscurité ? C'est presque incroyable, tu ne trouves pas ?

Mon père s'apprête à me répondre quand le téléphone sonne. Je suis à côté de l'appareil et je décroche. Je ne reconnais pas tout de suite la voix du père de Réginald. Pourquoi appelle-t-il à la maison ? Je n'ai pas le temps d'achever ma pensée qu'il me demande d'une voix inquiète si Réginald avait l'air déprimé aujourd'hui.

– Pas vraiment, dis-je. Peut-être que tout à l'heure, il était moins joyeux que d'habitude.

J'ai l'estomac complètement noué, pire que

les cheveux de ma mère quand elle se coiffe de bigoudis. Qu'est-ce que Réginald a fait comme bêtise pour que son père me pose cette question ? Je n'ose rien demander. Le père continue à m'interroger :

– Il a fait allusion à votre professeur de français ?

– Ben, Monsieur, nous ne parlons que d'elle. Aujourd'hui encore, elle s'est fait remarquer. En mal, bien entendu. Plus personne ne la supporte. Elle a fichu des zéros à la volée.

– Oui. Je sais. Réginald nous l'a dit. Pourrais-tu me passer ton père, Raphaël ?

Je tends le cornet à mon père sans un mot. Il m'interroge du regard, mais je hausse les épaules en lui montrant que je ne sais rien. Ma mère et moi suivons la conversation du coin de l'œil. Je suis tellement surpris que je n'ai même pas l'idée de saisir l'écouteur pour entendre ce qui se raconte. Mon père hoche plusieurs fois la tête, répète qu'il comprend, que c'est incroyable, qu'il faudra examiner la situation de plus près. À côté de lui, ma mère et moi trépignons d'impatience et nous soupirons d'aise quand, enfin, il dit au revoir au père de Réginald et raccroche. Il tourne vers nous un visage préoccupé. À ce moment, Anne-Laure sort de sa chambre et nous observe d'un œil curieux. Elle n'a pas l'habitude de nous voir dans cet état.

– Vous jouez à quoi ? demande-t-elle. Vous semblez bizarres.

– Laisse-nous une minute, veux-tu, lui dit

mon père sur un ton bourru.

Elle hausse les épaules et retourne dans sa chambre en boudant. Il n'y a pas que moi qui ai mauvais caractère dans la famille.

– Raphaël, me déclare le père, ton copain a fait une bêtise. Il a mis en place tout le scénario d'une tentative de suicide et a écrit une longue lettre à ses parents où il leur explique qu'il en a marre de votre professeur de français et de la vie qu'il mène depuis qu'elle est là.

– Il s'est flingué ? dis-je bêtement.

Mon père a un geste agacé.

– Mais non, il est simplement déprimé. Le médecin lui a donné trois jours de congé.

– Et ce scénario de tentative de suicide, c'est quoi ? intervient ma mère.

– Il a attaché une corde à une poutre du grenier, a écrit la lettre à ses parents et, ensuite, est allé les trouver en pleurant.

Pour que le secrétaire-trésorier du Codéchop fasse un coup pareil, il doit être drôlement déprimé. Quand il frimait tout à l'heure, il était vraiment mal. Et moi qui n'ai pas été assez fin pour le comprendre ! Je m'en veux. Mon intelligence ne m'a pas servi cette fois-ci ; il faudra que j'en vérifie le mécanisme. Réginald déprimé à cause de cette tarte ! Je suis outré.

– Vous voyez, dis-je à mes parents, vous voyez que je ne raconte pas de blagues. Cette prof est une criminelle. Si Réginald avait mis sa menace à exécution, j'aurais perdu mon meilleur copain, moi !

– Toujours aussi égoïste, me répond ma mère. Ça aurait été plus grave pour Réginald que pour toi.

Je fulmine. Si je tenais madame Grivet entre mes mains, elle passerait un vilain quart d'heure. Mais elle ne perd rien pour attendre. Je lui réglerai son compte demain matin. Mes parents me répètent de me calmer. Papa-pantoufle m'explique que, dans la vie, les gagnants sont toujours les êtres qui se maîtrisent. Maman-artiste me dit que, pour atteindre le beau, il faut en cultiver l'idée en soi et que ce n'est pas en rabâchant des pensées négatives et agressives que j'apprendrai à vivre dans la paix et dans la lumière. Ils sont touchants ! Terriblement touchants ! Moi, je rumine ma vengeance. Madame Grivet a brisé un de mes potes. Je lui déclare la guerre.

11

Misérable nuit, interminable nuit, insoutenable nuit ! Je n'ai presque pas fermé l'œil. Mes paupières pèsent des tonnes et il me faut toute ma colère pour les soulever. Ma mère vient de me dire de me lever. Je roule ma mauvaise humeur en boule dans mon sac et je grogne. Les visages de Réginald et de madame Grivet ont hanté mon sommeil. Je me sens entouré d'une atmosphère détestable, comme si j'étais prisonnier d'un sentiment invisible. J'étouffe, j'éprouve tout le contraire de l'enthousiasme, une espèce de rage sourde qui donne des idées noires.

Je réussis enfin à me lever. J'ai mal aux jambes. Ma tête bourdonne. Mes yeux brûlent. Je saute avec mon sac jusqu'à la salle de bains et je me flanque de l'eau glacée sur le visage. Je me fais peur en me voyant dans le miroir ; je suis ébouriffé comme un pétard qui a servi deux fois. Terrible. Je dois m'avouer que, ce matin, je ne suis pas beau et ça augmente mon cafard. Mieux vaut que ma mère ne se moque pas de moi aujourd'hui, je risque de lui sauter au visage toutes griffes dehors. Quand j'entre dans la cuisine, mon père lève un œil curieux sur ma personne. Il se réchauffe les mains à sa tasse de café ; il la dorlote avec tant de délicatesse que, si j'étais à la place de ma mère, je lui ferais une scène de jalousie.

– Bien dormi, Raph ? me demande-t-il d'un ton distrait.

– Grrr.

– Okay, je vois. Bonjour les dégâts !

S'il se croit spirituel, tant mieux pour lui. Je ne réagis pas, verse du lait dans mon bol de corn-flakes en songeant à madame Grivet. Évidemment, je ne relève pas le carton assez rapidement et ça déborde sur la table. Mon père observe la flaque de lait qui s'étend lentement et murmure :

– Je l'avais bien dit. Ça commence.

– Papa, va voir ailleurs si j'y suis. Je n'ai pas envie de rigoler.

Il ne bouge pas, m'examine tranquillement. Son calme m'exaspère. Je prends mon bol de cornflakes et monte dans ma chambre. Là, au moins, je pourrai déjeuner en tête à tête avec ma mauvaise humeur !

Dans la voiture qui me conduit à l'école, je ne dis pas un mot. Mon père met une cassette de Bach et ne s'occupe pas de moi. Anne-Laure range son cartable sur le siège arrière. Quand nous avons quitté la maison, ma mère m'a passé les doigts dans les cheveux et m'a souhaité une bonne journée. Sa caresse m'a dérangé, j'ai eu un mouvement de recul qui l'a étonnée. D'habitude, j'en redemande en ronronnant quand elle vient ainsi vers moi.

– Qu'est-ce qui se passe, Raphaël ?

– Rien, maman. J'en ai marre, c'est tout.

– Si tôt le matin ? Surveille-toi au collège. Je ne veux pas d'histoires.

Mon père m'a permis de ne pas lui répondre. Il attendait que je monte dans la voiture. J'ai quitté ma mère sur un petit signe rapide de la main. Je suis certain qu'elle est inquiète. Elle doit se demander ce que je mijote. Si elle savait ! Le père aussi ! Il arrêterait de siffloter bêtement sur sa sonate de Bach. Anne-Laure nous quitte et court vers son école. Je me dis que j'arriverai difficilement à placer un pied devant l'autre ; j'ai mal aux jambes tellement elles sont tendues. Mon père me dépose devant la station de métro et me souhaite une bonne journée. Au moment où je vais claquer la portière, il ajoute :

– Et pas de bêtise, Raphaël. Garde ton calme.

Je hausse les épaules et je m'éloigne de la voiture. Sur le quai, Philippe, Rachid et Constantin m'attendent. Pas de Réginald. Son absence me retourne les sangs. Sans cette horrible madame Grivet, il serait là aujourd'hui. Ma rage augmente à l'intérieur. J'ai la sensation que ma tête brûle de colère. Je suis tellement énervé que je n'arrive même pas à dire bonjour de manière sympa aux copains.

Je grommelle quelques mots indistincts en

laissant tomber mon sac sur le quai.

– Qu'est-ce que tu as bouffé ce matin ? me demande Constantin.

– Je me suis trompé de pied en sortant du lit. Ça peut arriver à tout le monde, non ?

– Ce n'est pas une raison pour que les autres en pâtissent ! Merci ! fait remarquer Philippe.

Décidément, ils en ont tous contre moi ! Il suffit d'être mal dans ses pompes pour s'attirer tous les ennuis. J'ai l'impression que je suis enfermé dans un cercle vicieux. Tout me casse les pieds et, automatiquement, je casse les pieds à tout le monde.

– Que fiche Réginald ? Il est en retard, dit Rachid en regardant sa montre.

J'ai de quoi les épater. Je savoure mon intervention en tournant sept fois la langue dans ma bouche avant de parler.

– Il ne viendra pas aujourd'hui. Il est malade.

– C'est une blague ou c'est vrai ? me demande Philippe.

– C'est vrai et c'est à cause de cela que je suis de mauvais poil. Je n'en ai presque pas dormi de la nuit.

Je leur raconte l'histoire de Réginald. Ils sont surpris. Ils s'étonnent qu'il soit si ébranlé par un zéro et, comme moi, ils en veulent à la prof de français. Mais la conversation dévie. Nous avons interrogation en mathématiques, ce matin, et Rachid n'a pas compris toute la théorie. Philippe et Constantin la lui expliquent pendant que le métro fonce vers l'école. Je reste seul avec ma fatigue et ma rage.

Quand nous pénétrons dans le préau, la raison de l'absence de Réginald fait le tour des élèves de la classe en deux minutes. Chacun y va de son commentaire. Plus ils parlent, plus j'enrage. Mes mains et mes oreilles sont chaudes d'énervement. « Trop de tension, dirait ma mère, trop de tension, garde ton calme. » Pour retrouver mon équilibre, il faut que j'explose. Ça me ferait du bien de hurler comme une bête pendant quelques minutes. Aaaah ! J'imagine que j'étripe la prof de français et que je fais du hachis avec ses entrailles. La cloche sonne. Le prof de mathématiques va venir nous chercher et, dans l'état où je suis, je vais rater l'interro. Impossible de fixer mon attention ailleurs que sur ma vengeance.

C'est à ce moment-là que le malheur arrive. Madame Grivet traverse le préau et passe à quelques mètres de notre groupe. Toute la tension que j'ai accumulée pendant la nuit et ce matin se libère d'un seul coup. Je cours vers elle et je lui crache au visage :

– Alors, tu es contente de ce que tu as fait ? Tu es fière ?

Elle recule de quelques pas. Elle semble effrayée. Elle balbutie :

– Mais, voyons, Raphaël, qu'avez-vous ? Que se passe-t-il ?

– Rien, absolument rien, sauf que vous avez une tentative de suicide sur la conscience.

Elle blêmit. Les élèves se sont approchés et nous écoutent. J'entends la voix de Rachid dans mon dos :

– Fais pas le con, Raph, fais pas le con !

À ce moment-là, madame Grivet, qui a repris un peu d'assurance, me lance :

– Qu'est-ce que vous racontez ? Tentative de suicide ?

– Oui. Vous n'aurez qu'à vous arranger avec les parents de Réginald. Vous me dégoûtez. Les profs comme vous, ça ne devrait pas exister !

Je suis à quelques centimètres d'elle. J'ai une envie folle de lui flanquer la main sur la figure. Ça lui servirait d'opération de chirurgie esthétique et ça me ferait un bien fou. Mais, tout à coup, je me sens tiré en arrière par une main nerveuse et la voix criarde de la secrétaire retentit :

– Quelle est cette attitude, jeune homme ? Est-ce que l'on s'adresse sur ce ton à un professeur ?

Madame Seins-pamplemousses se dresse devant moi dans toute sa raideur. Le groupe d'élèves a reculé. Quand le bras droit du directeur se mêle d'une histoire, tout le monde se méfie. Elle me lâche et se tourne vers la prof.

– Que se passe-t-il, Madame Grivet ? Voulez-vous que je conduise ce petit excité chez monsieur le directeur ?

L'autre tient sa vengeance. Cette fois, mon compte est bon. Pourtant, elle ne répond pas tout de suite. Ses yeux hésitent. Elle finit par dire :

– Laissez-le. J'arrangerai cela avec lui. Il a une explication à me donner.

12

L'explication, ce sont les parents de Réginald qui la lui ont donnée. Ils sont venus la trouver le jour même à l'école. Elle leur a dit qu'elle ne comprenait pas l'attitude de leur fils, que rien ne justifiait une dépression pareille. Bien entendu, elle lui avait mis quelques zéros, mais, s'il ne travaillait pas en classe, que pouvait-elle faire d'autre ? Les parents de Réginald ont tenté de garder l'église au milieu du village. Ça, c'est évidemment une expression de mon père qui est en train de m'expliquer ce qui s'est passé. Le père de Réginald nous a téléphoné ce soir pour nous dire quoi. Il a parlé pendant plus d'une demi-heure avec mon père. Enfin, il semble que le cas de la prof de français ne soit pas une fantaisie de notre part.

Demain, c'est vendredi et nous n'avons pas madame Grivet. Après, il y a une semaine de congé. Réginald rentrera au collège ensuite. Le médecin de famille a conseillé aux parents de l'éloigner de l'école pendant quelques jours. Puisqu'un médecin est entré dans l'histoire, elle paraît plus sérieuse à nos parents. À table, ma mère reconnaît que, pour créer des situations pareilles, la prof de français ne doit pas être une fine pédagogue.

– Un monstre, oui ! Tes mots sont trop subtils pour une bonne femme comme elle !

– Enfin, Raphaël, tu dois aussi reconnaître que, dès qu'un de vos profs a une faiblesse, vous ne lui rendez pas la vie facile.

– Si l'on n'est pas capable d'enseigner, on essaie autre chose. Papa l'a souvent dit quand il m'estime trop fainéant et qu'il précise que, plus tard, dans le privé, je n'aurai aucune chance de garder une place si je continue à vivre uniquement pour mon sac de couchage.

Ma mère hausse les épaules et se tait. Elle n'apprécie pas ce que je dis, mais ne me donne pas vraiment tort. Anne-Laure intervient dans la conversation et déclare qu'elle est heureuse d'avoir un bon instituteur. Elle se met à nous raconter tout ce qu'elle a fait pendant la journée. Avec les filles, c'est toujours la même chose ; elles attendent un moment creux pour se faufiler dans la conversation des autres et pour s'étendre pendant des kilomètres sur ce qui les intéresse, elles. Je n'en fais pas la remarque, je me concentre sur mon assiette et je mange. Il suffirait que j'ouvre la bouche et que je donne mon opinion pour me faire traiter d'horrible macho par mon artiste de mère.

Ces derniers temps, elle est peu supportable. On est abonné aux pâtes, aux œufs sur le plat et aux surgelés depuis plus de huit jours. Madame a un projet de dessin pour la couverture d'un livre. Elle réalise des merveilles qu'elle détruit les unes après les autres. Ce n'est jamais assez bien à son goût. Après le discours d'Anne-Laure sur les qualités de son instituteur, mon père a le malheur de dire à ma chère maman qu'elle gaspille du papier à déchirer ainsi ce qu'elle dessine. Je crois qu'elle va lui arracher les yeux.

– Ça ne va pas, non ? Tu ne veux quand même pas que je conserve des dessins dont j'ai honte ? Si l'éditeur tombe dessus, il risque encore de les trouver bien et de vouloir les garder. C'est moi et uniquement moi qui décide de la valeur de ce que je fais ! Si je ne suis pas satisfaite d'un dessin, pourquoi veux-tu que je le garde ?

La vraie mère de son fils ! Elle a les joues toutes rouges et ses yeux jettent du feu. Mon père comprend immédiatement. Quand il le veut, Papantoufle est très subtil. Il entame une manœuvre de repli en murmurant :

– Mais, ma chérie, je n'ai rien dit, moi. Tu agis bien entendu comme tu le veux. Ce sont tes dessins, pas les miens. Je suis mauvais juge, tu sais que j'aime tout ce que tu fais.

Ouh, la savate ! Il ferait n'importe quoi pour avoir la paix. Un macho comme moi peut difficilement accepter une telle attitude, mais, au fond, je reconnais que mon père n'est pas si mou que ça. Ma mère l'observe et se met à rire.

– Tu désamorces toutes mes bombes, mais, un jour, tu verras, nous réussirons une bonne dispute.

– Oh non ! crie Anne-Laure. Je vous aime mieux de bonne humeur, moi. Vous êtes mes parents-gâteaux !

Nous éclatons de rire. Il faut dire qu'Anne-Laure est unique dans son genre. Elle peut vous tirer une de ces frimousses, vous parler sur un ton si émouvant ! Le repas se termine dans la bonne humeur. On s'amuse tellement bien que j'oublie que c'est le troisième soir qu'on avale des pâtes : cannellonis, raviolis et, aujourd'hui, spaghettis bolognaise. Vivement que ma mère trouve une idée géniale pour son dessin de couverture ! Je commence à manquer de vitamines.

Au dessert, enfin au flan caramel tout préparé retourné sur une sous-tasse, nous parlons à nouveau de l'école. J'avoue à mes parents que je me suis énervé sur la prof de français ce matin et que je lui aurais flanqué une gifle si la secrétaire ne m'en avait pas empêché.

– Raphaël, il y a des limites à ne pas dépasser, grogne mon père.

– J'aurais voulu te voir. Tu devais être horrible ! l'interrompt Anne-Laure.

Ma mère sourit. C'est vrai que, lorsque je suis en colère, je fais des grimaces ignobles. Ce matin, après ma discussion orageuse avec madame Grivet, Rachid et Philippe m'ont dit qu'ils avaient eu peur que je ne l'étrangle. Il paraît que j'étais tout rouge et que mes mains tremblaient pendant que je lui disais ses quatre vérités.

– Il faudra surtout que ça ne se reproduise plus, me déclare fermement mon père. Je n'ai pas envie d'être convoqué chez le directeur pour apprendre que tu es mis à la porte du collège. Il ne faut pas dépasser certaines limites de bienséance. Tu n'as ce professeur que pendant deux mois. Grâce à elle, tu vas apprendre la patience.

– Le congé de détente de la semaine prochaine arrive à point nommé, dit ma mère. Nous inviterons Réginald à la maison. Vous vous amuserez. Ça vous changera les idées.

13

Le paradis ! Rester allongé jusqu'à onze heures du matin. Profiter de la chaleur de mon corps diffusée homéopathiquement par le coton de mon sac. Observer de mon nid douillet le ciel gris et pluvieux, entendre le vent qui souffle en rafales et ne pas bouger d'un millimètre, paresseusement enseveli dans un demi-sommeil où je peux construire l'univers à ma façon et le rendre un peu plus potable qu'il ne l'est.

Il faudrait que je songe à installer un système de poulies au-dessus de mon lit. J'y accrocherais de petits paniers de nourriture que je pourrais descendre quand j'aurais faim. Quelques boissons fraîches aussi et un thermos de café pour les gros coups de pompe qui me coupent même du demi-sommeil pour me plonger dans une torpeur où je ne suis plus bon à rien. Ma chaîne hi-fi et des bandes dessinées à côté du lit, mon ordinateur à portée de main, bref mon monde à moi où ne pourraient pénétrer que quelques privilégiés triés sur le volet par ma savante personne.

J'écoute les bruits de la maison. Anne-Laure joue dans sa chambre. Elle a mis du Michaël Jackson et elle chantonne sur la musique. « Hold me like the river Jordan and I will then say to thee You are my friend. » Elle est folle de ce chanteur noir à la peau blanche, elle connaît la plupart de ses chansons par cœur et les récite avec autant de ferveur que ma mère quand elle chante Jean-Jacques Goldman ou Yves Duteil. Dans la famille, on est mélomane ! Le père, lui, ce sont plutôt les chants grégoriens qui le branchent. Je n'ai rien à y redire tant que je ne les entends pas. Aucune odeur de cuisine ne monte d'en bas. Ça signifie que ma mère n'a pas encore trouvé un dessin de couverture qui la satisfait et que, ce midi, nous sommes à nouveau bons pour un repas préparé en vitesse. Pourvu qu'elle ne fasse pas des lasagnes ; les pâtes, je ne peux plus les voir en peinture.

Je m'étire dans mon sac. Onze heures vingt-trois. Il faudrait tout doucement songer à me lever et à m'habiller. S'il ne faisait pas si mauvais, je m'offrirais bien une balade à vélo dans le quartier. Le coin où je vis est calme et agréable. Chaque maison est entourée de son petit jardin. Je m'assieds dans mon lit et regarde par la fenêtre. Le ciel est gris comme le tailleur de madame Grivet et, sur les vitres, dégouline une petite pluie sale qui transforme le monde en une éponge gorgée de mauvaise humeur. C'est trop dur à supporter. Je me reglisse dans mon sac et je ferme les yeux. Ici, au moins, je ne risque pas d'attraper une grippe ou un refroidissement général qui ficherait ma semaine de vacances en l'air. Je me lèverai quand ma mère nous appellera pour manger. Avec un temps pareil, il faut être fou pour sortir de son lit.

Je ne réussis pas à me rendormir. Après treize heures de sommeil lourd, c'est peut-être normal. Anne-Laure a augmenté le volume de son Michaël Jackson et sa voix me casse les oreilles. Décidément, il est impossible de méditer à l'aise dans cette maison ! « Hold me, love me and feed me. » Zut, c'en est trop ! Je sors comme une bombe de mon sac et cours vers la chambre d'Anne-Laure ; elle se trémousse au rythme de la musique, au centre de la pièce, en train de lancer les bras dans tous les sens.

– Ça ne va pas, non ! Il y a des gens qui dorment dans cette maison !

Elle arrête de danser et me fixe d'un œil ahuri.

– Raphaël, tu as vu l'heure qu'il est ?

– Il n'y a pas d'heure pour récupérer. J'ai des semaines de sommeil en retard, moi !

Elle hausse les épaules d'un air boudeur et baisse le volume de sa sono. Je soupire d'aise :

– C'est mieux comme ça. Je m'entends à nouveau respirer.

La voix de la mère nous arrive tout à coup d'en bas.

– Qui pousse des cris de goret qu'on égorge ?

Évidemment, c'est encore sur moi que ça va tomber. Je récupère tranquillement, je philosophe à mon aise et, parce que la sœur se croit dans une discothèque et que je lui fais une petite remarque gentille, c'est moi qui suis accusé de hurler comme un goret. Je me penche sur la rampe de l'escalier et réponds :

– Je ne vois aucun goret à l'étage. Ça doit provenir de la rue.

Ma mère rit.

– Okay, les mômes. Descendez tous les deux. Nous allons manger.

Voilà un argument qui me convainc. Sortir de mon sac pour me nourrir est une occupation qui en vaut la peine. Mais, avec la mère dans une phase créatrice, je me méfie. Avant de m'habiller, il faut que je vérifie.

– Ce sont des pâtes, maman ?

– Pas aujourd'hui, Raphaël. Nous en avons mangé hier.

– Et avant-hier et avant-avant-hier.

– Oh, ne fais pas le difficile ! Je travaille, moi ! Une omelette aux champignons satisfera-t-elle l'estomac de Monsieur ?

– Ce n'est pas digne d'un restaurant trois étoiles, mais ça suffira.

– Ignoble macho !

– Maman cordon bleu !

Ma mère file dans la cuisine et, par dessus la rampe, j'aperçois ses longs cheveux châtain frisés et sa jolie robe à fleurs. Mon père a quand même de la chance d'avoir pu brancher une femme de son genre. Je me demande parfois comment il a fait. Ce n'est certainement pas sa tête de courtier d'assurances qui a charmé ma mère. Son calme peut-être, cette force tranquille qui émane de lui et qu'en tout cas, il n'a pas réussi à me transmettre. À part mes pieds plats et le brun caca d'oie de mes yeux, je vois mal ce que j'ai hérité de lui. L'amour des chiffres peut-être et tout ce qui touche de près ou de loin à l'informatique. Certainement pas le plaisir qu'il a de se lever tôt et d'affirmer que ce sont là les meilleures heures de la journée. Il faudrait que je fasse des recherches dans l'arbre généalogique de la famille pour découvrir lequel de mes ancêtres appréciait tellement le repos. Peut-être qu'il n'y en a pas et que ce plaisir du sommeil est l'élément nouveau que j'apporte à notre lignée. Cette façon de considérer la vie est inestimable : elle évite et les crises cardiaques, et les cancers, et les dépressions nerveuses. Je ne suis pas peu fier d'offrir cela aux miens.

Rester en slip sur le palier me donne froid. Je file m'habiller dans la salle de bains. L'horloge murale indique midi moins cinq. L'heure de la pâtée de Garfield. Je me passe un coup de peigne dans les cheveux et je descends. Anne-Laure met la table et maman nous mijote son omelette aux champignons minute. Je m'installe dans un des fauteuils du salon et, en bon pacha, j'ouvre une revue. Humm, la vie est douce à vivre comme cela ; entendre que l'on travaille pour vous pendant que vous vous détendez. C'est un des secrets du bonheur. Si je m'écoutais vraiment, je demanderais à ma chère mère qu'elle me serve un apéritif. Un Coca glacé avec une tranche de citron et des chips au paprika ne me déplairaient pas. Ça me permettrait certainement de mieux savourer l'omelette qui se prépare. Mais je me tais, je crois que ma demande serait mal reçue. Je parie qu'elle me dirait que j'exagère.

Après le repas, maman file dans son atelier. Elle est excitée comme une souris devant un kilo de gruyère. Elle tient une idée, elle la sent au bout de son crayon, il faut absolument qu'elle se retire pour réussir à l'exprimer. La porte claque, elle n'est plus là. Elle a abandonné les assiettes du repas sur la table ; comme dessert, elle ne nous a proposé qu'un fruit et c'est encore nous qui devons desservir ! Bien entendu, je laisse faire ma sœur. Je reconnais qu'elle range la vaisselle bien mieux que moi. Il faut être modeste et ne pas chercher à réaliser des actes pour lesquels on est peu doué. Je monte dans ma chambre sous les protestations d'Anne-Laure. Elle n'est jamais contente : quand je me dis plus malin qu'elle, elle râle et, lorsque je reconnais mes faiblesses, elle n'est pas plus satisfaite. Et les filles osent affirmer qu'elles ne sont pas compliquées !

Pendant les congés, après le repas de midi, c'est l'heure de ma méditation. J'emploie un des mots préférés de ma mère. Elle adore méditer. Nous la retrouvons souvent, assise en lotus, les yeux fermés devant une bougie allumée. Pas question de la déranger dans ces moments-là ;

c'est encore pis que lorsqu'elle dessine. Il paraît qu'elle regarde l'intérieur de ses paupières. Textuel ! La phrase est d'elle. J'ai déjà essayé, mais ça ne marche pas. Moi, quand je ferme les yeux et que j'observe ce qu'il y a à l'intérieur, c'est tout noir. Je ne vois rien du tout. Peut-être que ça vient avec l'âge et avec l'exercice. Ma mère médite presque tous les jours. Elle affirme aussi qu'alors, elle parle avec Dieu. Moi, les rares fois où je l'ai appelé, il y avait de la friture sur la ligne et je n'ai rien entendu d'autre qu'un agaçant petit bruit venant du fond de mon être. Je me dis que ma mère est un cas à part. Pourtant, il paraît que beaucoup de gens méditent et qu'ils découvrent dans cet exercice-là une paix et une joie indicibles. Je veux bien les croire, mais moi, quand je médite, je m'endors. Je ferme les yeux, je respire profondément, tout est calme et sombre, je me laisse aller de plus en plus à cela, comme ma mère m'a dit qu'elle le faisait, et, quelques minutes après, je m'écroule sur mon lit comme un bienheureux. J'en ai facilement pour une demi-heure ; c'est génial. Lorsque je rouvre les yeux, je n'ai entendu ni Dieu ni le diable, je n'ai eu aucune vision d'un monde merveilleux, j'ai simplement roupillé avec ferveur. Ma mère me dit que ça ne marche pas parce que je ne me laisse pas aller, elle ajoute que ça me ferait beaucoup de bien de lâcher prise davantage, que ça me permettrait de mieux gérer ma nervosité. C'est beau tout ça ! Alors, pendant les vacances, je médite de temps en temps. Tout le monde me fiche la paix durant ces instants-là. J'apprécie. Même Anne-Laure respecte le panneau que je placarde sur ma porte : « Méditation en cours. Prière de ne pas déranger. Merci. »

Il est presque trois heures quand je me réveille. J'ai faim. Ce n'est pas l'omelette aux champignons qui a rempli mon estomac insatiable. Je descends dans la cuisine et je fouille dans l'armoire à biscuits. La porte de l'atelier de ma mère est toujours fermée, je ne risque rien. Je repère rapidement, dissimulé dans un coin, un paquet de gâteaux secs au chocolat. J'en emprunte deux et je file. Ma mère est trop préoccupée par son dessin pour remarquer que son armoire à biscuits vient de subir une cure d'amaigrissement. C'est toujours ça de gagné.

À cinq heures, un cri de victoire fait trembler la maison. Ça y est ! Maman a accouché d'un bébé qui lui plaît. La gestation aura bien duré quatre jours. Maintenant, à nous de subir la période de décompression. Elle va mettre de la musique à fond et se déhancher dessus. Ma mère a du rythme. Quand elle danse, elle est super sexy. Si j'étais mon père, je la demanderais une deuxième fois en mariage. Des percussions africaines envahissent la maison. C'est encore plus excitant que du hard. Je sors de la chambre les mains sur les oreilles : ma mère se démantibule au milieu du salon. Waouw ! Le dessin doit être bon. Elle est énervée comme une meringue qui flambe. Si elle avait vingt ans de moins, j'aurais envie de la draguer. Hélas pour elle, elle ne fait plus partie de la génération qui peut rencontrer un mec super comme moi.

Anne-Laure sort de sa chambre à son tour. Le rythme des tam-tams a quelque chose de magique. Nous sommes tous les deux fascinés et nous voudrions voir le dessin qui provoque un tel enthousiasme. Il faudra attendre : le premier à découvrir les dessins de ma mère, c'est toujours papa. Une espèce de rituel entre eux. Cette fois, elle doit être vraiment satisfaite de son œuvre ; son niveau d'excitation dépend de la qualité qu'elle attribue à ce qu'elle a créé. Quand son œuvre lui plaît moins, nous avons droit à une danse sur une valse de Strauss ou sur une chanson lente de Ferrat ou de Brassens.

Ce soir, il faudra aussi que l'on s'habille correctement. Sauf modification des habitudes, quand maman réussit un dessin, elle nous fait tous inviter au restaurant par le paternel. Heureusement pour le budget familial qu'elle ne réalise pas des chefs-d'œuvre tous les jours !

14

Quel plaisir de ne plus voir la prof de français ! Ma vie s'en porte mieux. Je n'éprouve plus cette tension qui me serre le ventre les matins où je m'éveille pour aller à l'école. Les vacances, ça crée un vide profitable à tous. On fait le point, on évalue les événements avec une meilleure distance. Réginald va mieux ; je lui ai téléphoné tout à l'heure et sa déprime ne semble plus qu'un mauvais souvenir. Ses parents le conduisent à la maison après le déjeuner. Il passera la nuit chez nous. J'en suis ravi ; je dormirai moins bien, mais les copains, on leur doit ça. Et ce sera un bon prétexte pour récupérer des heures de sommeil durant les trois derniers jours de congé.

Le dessin que ma mère a réalisé est génial. Je comprends mieux son excitation de l'autre après-midi. Ça fera une splendide couverture. Si, un jour, j'écris un roman, ça me plairait d'être illustré par elle. Son dessin représente une femme vue de dos qui lève le poing vers la mer. Elle s'est avancée dans l'eau jusqu'aux chevilles et, à travers son corps, on voit un bateau de pêche qui va de l'avant. Le personnage est à la fois composé de ses vêtements et de l'océan. L'idée est intraduisible en mots ; il faut voir le dessin pour en saisir l'atmosphère douce amère. L'ensemble est dans les tons bleu gris et rouille. Superbe !

Ça nous a valu une soirée au restaurant chinois. Anne-Laure adore cette cuisine et elle a fait la fête aux parents pendant tout le repas. Ensemble, quand nous sortons, nous ne nous ennuyons pas. Mon père et ma mère font volontiers les pitres et, au restaurant, c'était de loin à notre table que régnait le plus d'animation. Au dessert – glace vanille avec litchis, un régal –, mes vieux se sont amusés à se faire des grimaces. Ils riaient tellement que je leur ai dit qu'ils étaient insortables. Plusieurs têtes se tournaient vers nous. Franchement, je ne savais plus où me mettre. Que faisaient-ils donc de ma pudeur ! Ils ont terminé le repas par un thé au jasmin et, en tenant leur tasse du bout des doigts, ont rapproché leurs visages l'un de l'autre. Un vivant portrait d'adolescents amoureux ! Il ne restait plus qu'à les encadrer et à les fixer dans le salon, au-dessus de la cheminée. Enfin, dans la voiture, sur le chemin du retour vers la maison, ils se sont calmés et sont devenus présentables. Après l'excitation de la réussite suivrait la fatigue due à l'explosion. Les parents affirment trop souvent que nous sommes difficiles à vivre. Ils devraient parfois prendre conscience qu'eux aussi sont à peine supportables !

*

Réginald a récupéré sa bonne humeur. Ça fait plaisir de le retrouver pareil à lui-même. Il me raconte ce qu'il a fait pendant les premiers jours du congé. Autant que moi, c'est-à-dire rien. Enfin, quelqu'un qui partage mes idées sur l'existence ! On dirait que, depuis toujours, nous sommes faits pour nous entendre. Nous nous connaissons depuis un bail. Trois ans déjà que nous partageons nos joies et nos colères ! Réginald ne me parle pas de son scénario de tentative de suicide. Moi aussi, je me tais. Même les meilleurs amis n'échangent pas tout. Sa déprime a au moins eu un résultat positif : depuis, ses parents sont plus attentifs à ses besoins et il me dit qu'ils le harcèlent moins pour qu'il travaille bien au collège.

Dehors, le soleil brille. C'est le premier jour de beau temps depuis le début de la semaine. Nous en profitons pour sortir. Une petite balade dans le quartier nous fera digérer le chocolat chaud que ma mère nous a préparé. Elle a réinvesti sa cuisine et, ce soir, nous aurons sans doute un délicieux petit plat.

– Heureusement que tu n'es pas arrivé hier, dis-je à Réginald ! Tu aurais subi les effets secondaires de la création artistique.

Il rit. Je lui ai souvent décrit les attitudes de ma mère quand elle sort de ses transes de dessinatrice.

– Si mes parents avaient un peu de folie en

eux, ma vie serait moins monotone. Quand tu me parles de ta mère, je pense parfois à mademoiselle Laurent. Elle aussi, c'est quelqu'un de vivant !

– Hier, j'ai tenté de lui retéléphoner à l'hôpital, dis-je, mais elle était partie. Je me suis fait passer pour son cousin et ils m'ont donné son adresse. Qu'est-ce que tu dirais de lui envoyer une petite lettre ?

– Ce serait génial ! Nous lui raconterions tout ce que madame Grivet nous fait subir.

– On lui parle aussi de ce que nous faisons, nous ?

– On nuance, on n'entre pas trop dans les détails. Tu ne penses pas que ça vaut mieux ?

Réginald est aussi prudent que moi. Quand elle reviendra donner cours, il sera bien temps d'expliquer à mademoiselle Laurent ce qui s'est passé durant son absence. Nous discutons de ce que nous allons écrire dans la lettre. Sera-t-elle étonnée de recevoir de nos nouvelles ? Je ferme les yeux un instant pour mieux me rappeler son visage. C'est fou : ça fait à peine un mois que nous ne l'avons plus vue et, déjà, ses traits s'effacent de ma mémoire. Même ceux qui nous sont chers, nous les oublions très vite. J'en fais la réflexion à Réginald et il me répond que je me prends la tête pour peu de chose :

– Tu philosophes trop, mon petit vieux. Attention aux migraines.

– Aux céphalées, dis-je en riant.

Réginald hausse les épaules en souriant.

– Ce n'est pas la peine d'étaler ta culture générale, précise-t-il, tu ne m'impressionnes pas.

Nous rejoignons la maison de bonne humeur. Je me sens heureux que quelqu'un partage mes bêtises. S'il fallait toujours être intelligent, ça deviendrait lourd à porter. C'est sans doute pour cela que j'ai besoin de tant de sommeil. Être génial, ça épuise !

Nous montons dans ma chambre et commençons la rédaction de la lettre. Ce n'est pas aussi évident que nous le croyions. Comment écrire à sa prof préférée ? Il ne faut pas que nous tombions dans le romantisme amoureux. Ce n'est pas à la pulpeuse Natacha, hôtesse de l'air, que nous adressons ces quelques lignes, mais à mademoiselle Laurent, notre professeur de français. Pour écrire bien, il est nécessaire de prendre de la distance. Aussi, pour réussir notre lettre, nous nous mettons dans la peau du président et du secrétaire-trésorier du Codéchop. Plusieurs feuilles blanches y passent. Nous griffonnons, nous raturons, nous imaginons, nous réécrivons, nous supprimons, nous ajoutons pour finalement obtenir ceci :

Chère Mademoiselle Laurent,

Nous espérons que vous vous portez bien et que vous nous donnerez bientôt à nouveau cours. Votre façon d'enseigner nous manque beaucoup et de nombreux élèves vous regrettent.

Il faut vous le dire : votre remplaçante n'est pas à la hauteur et nous avons beaucoup de misères avec elle. Le courant ne passe pas. Nous deux, particulièrement, vivons des moments très difficiles. On nous a dit que vous seriez absente pendant deux mois ; après le congé, il nous restera quinze jours à tirer. C'est long !

Nous vous envoyons tous nos souhaits de prompt rétablissement et nous attendons votre retour avec impatience.

*Réginald et Raphaël de 4e*

Un peu nunuche, mais nous n'avons pas trouvé mieux. Nous vérifions l'orthographe de certains mots et nous plions soigneusement notre lettre en quatre avant de la glisser dans une enveloppe assortie à la couleur du papier : beige clair. Ça fait chic. Mademoiselle Laurent vit à l'autre bout de la ville. J'irais bien me balader par là pour voir à quoi ressemble sa maison, mais je m'abstiens d'en faire la réflexion devant Réginald. Il serait encore capable d'affirmer que je suis amoureux d'elle.

Le dîner s'est déroulé dans une atmosphère agréable. Mes parents se sont comportés normalement et Réginald a semblé très heureux de se trouver là. S'ils s'étaient de nouveau bisoutés à table, je leur aurais poliment rappelé que nous avions un invité et qu'il s'agissait d'être correct. Passe encore qu'Anne-Laure et moi devions subir leurs scènes de petits chiots amoureux, mais devant un étranger au cercle familial, ça pourrait paraître incongru.

Ma mère, à qui j'ai fait cette réflexion pendant qu'elle préparait le repas, m'a répondu que je raisonnais comme un grand-père, que j'avais bien cinquante ans de retard et qu'elle finissait par se demander qui m'avait éduqué.

– Tu nous as toujours vus nous embrasser et ça ne t'a jamais dérangé jusqu'à maintenant. Je me rappelle que tu nous disais même que c'était chouette d'avoir des parents qui s'entendent bien.

– Actuellement, ai-je répondu d'un air supérieur, mon adolescence me fait prendre conscience de la réalité sociale, maman. Nous vivons beaucoup en fonction du regard des autres et il faut en tenir compte dans nos attitudes et dans notre façon d'agir.

Ma mère s'est mise à rire. Elle a dû déposer sur l'évier la casserole qu'elle tenait en mains.

– C'est toi qui dis ça ! C'est absolument incohérent, mon pauvre Raphaël. S'il y a bien quelqu'un qui ne tient pas compte des autres, c'est toi. Tu veux donner une image de notre couple et de la maison à ton copain et tu nous demandes de correspondre à cette image. Voilà la vérité !

Quand elle le veut, elle me chauffe les oreilles ! Impossible d'avoir le dernier mot avec elle. J'ai quitté la cuisine en lui affirmant que j'étais un incompris, comme tous les génies, ai-je ajouté, et qu'un jour, si elle voulait se donner la peine d'évoluer, elle regretterait d'avoir si peu saisi toutes les nuances de ma pensée. Un nouvel éclat de rire a salué ma sortie. Si Réginald n'avait pas été à la maison, je crois bien que j'aurais explosé.

15

Avec Réginald et Anne-Laure, nous passons la soirée à jouer au strip-poker. Un régal ! Je perds et je me retrouve en slip dans mon sac de couchage pendant qu'Anne-Laure et Réginald poursuivent la partie à deux. Quand il est en slip à son tour, Réginald se réfugie dans ses draps. Anne-Laure a gagné : elle porte encore son jeans et son tee-shirt. Se faire battre par une fille ! Le blâme ! Nous ne sommes pas fiers d'en être arrivés là et nous nous demandons ce qui a pu se passer.

Comme dirait mon cher père, Anne-Laure est très éveillée pour son âge. Elle n'a jamais joué à ce jeu, mais elle en a compris les règles en cinq minutes. Quand elle a remarqué qu'elle gagnait, elle est encore devenue plus fine et, comme elle avait chaque fois de bonnes cartes, elle nous a lessivés. Mes parents nous croyaient tranquillement occupés à discuter dans ma chambre pendant que nous nous livrions à ce jeu peu recommandable. Je suis certain que si ma mère avait su que les deux gaillards de quinze ans entraînaient une jeune fille de presque onze ans à participer à un strip-poker, elle m'aurait dit que moi non plus, je ne tenais pas compte des autres dans ma vie sociale. Pourtant, nous nous étions fixé certaines limites : on enlevait tout sauf le slip et, à son âge, les nénés de ma sœur n'ont vraiment rien d'érotique !

Fière de sa victoire, Anne-Laure rejoint sa chambre en nous souhaitant une bonne nuit. Nous attendons qu'il n'y ait plus aucun bruit et, lorsque les ronflements apaisés de mon père nous sécurisent tout à fait, nous nous rhabillons en silence et, à pas de loup, nous quittons la maison. Je panique comme un homard qu'on plonge dans une casserole d'eau bouillante quand la porte de rue grince sur ses gonds, mais le bruit semble ne réveiller personne. Nous nous retrouvons sur le trottoir ; je fais signe à Réginald de prendre à gauche. Quand nous sommes à cinquante mètres de chez moi, nous nous mettons à courir en riant. C'est grisant. La première fois que je fais le mur !

Nous nous promenons pendant une demi-heure dans les rues sombres de mon quartier. La plupart des demeures sont obscures, mais, çà et là, des fenêtres allumées nous invitent à regarder à l'intérieur. Nous voyons une vieille, occupée à caresser son chat devant la télévision, nous surprenons un couple qui s'embrasse en tirant les tentures du salon, nous sommes surpris par plusieurs chiens qui aboient brusquement lorsque nous passons devant le jardin qu'ils gardent, nous espionnons deux gars qui discutent en riant sur le seuil d'une villa et nous nous laissons bercer par les bruits bizarres qui proviennent d'un peu partout sans que nous puissions vraiment en localiser l'origine.

Ça fait des mois que je rêve d'une escapade de ce genre. La nuit et son silence m'ont toujours impressionné. Seul, je ne serais jamais sorti ; je n'aurais tout simplement pas été capable d'avoir la volonté et la force de m'extraire de mon sac de couchage. Avec un ami, tout devient différent. À quinze ans, on commence à avoir sa vie à soi et on ne partage plus tout avec ses parents. Pourtant, je suis presque sûr que si j'avais demandé aux miens la permission de faire cette promenade, ils me l'auraient accordée. Mais Réginald m'a dit que j'étais fou, que les siens ne prendraient jamais cette responsabilité et qu'en tout cas, rien que l'idée d'une pareille escapade rendrait sa mère hystérique.

Nous rentrons aussi silencieusement que nous sommes partis. Mon esprit est gorgé de sensations nouvelles. Nous nous écroulons sur nos lits et nous nous endormons tout de suite. Le lendemain, la mère-clairon nous éveille à huit heures du matin ! L'horreur ! Nous sommes revenus à minuit passé, je n'ai pas mes douze heures indispensables de sommeil ! Elle nous annonce qu'elle est allée acheter des croissants et que ce serait bien que nous les mangions tous ensemble. Le dilemme est grand : elle m'attrape par mon second point faible : la nourriture. Choisir entre mon sac et des croissants tout frais ! La torture ! Réginald n'ose pas refuser et se lève. Je n'ai plus qu'à le suivre. J'avance en sautillant jusqu'à l'escalier, je me laisse glisser sur les marches jusqu'au rez-de-chaussée, j'arrive enfin dans la cuisine où je tombe lourdement sur une chaise ; je n'ai jamais tenu mon sac par les dents durant un trajet aussi long !

Dès que je suis assis, mes paupières s'écroulent sur mes yeux. Je peux juste ouvrir la bouche et y engouffrer les délicieux croissants rapportés par ma mère. Elle doit m'observer depuis quelques minutes quand elle me lance :

– Raphaël, tu te souviens de ce que tu es venu me raconter hier soir ? Ta façon de te tenir à table ne fait pas plus la publicité de la maison que les bisous que ton père et moi échangeons.

Je soulève une lourde paupière. La mère ne sourit pas, elle est même sérieuse. Oh non ! Je n'ai rien à lui répondre. Elle a raison. Et je ne vais pas perdre la face en le lui avouant devant Réginald. Il faut que je trouve une parade.

– Ça arrive à tout le monde d'être endormi, non ?

– Ce n'est pas une réponse valable, Raphaël. Remonte t'habiller. Tu descendras manger quand tu seras décent.

Un silence religieux a tout à coup envahi la pièce. Réginald accorde une attention très particulière à son morceau de croissant. On le croirait au cours de biologie, lors d'une séance de dissection. Anne-Laure a le visage enfoncé dans sa tasse de lait et elle semble même vouloir en avaler le fond. Quant à mon père, il me fixe d'un œil sérieux. L'assureur soutient l'artiste dans sa lutte contre la jeunesse délinquante ! Je n'ai plus qu'à battre en retraite, je suis brûlé. Je me lève, sautille dans mon sac jusqu'à la porte et, arrivé là, me retourne vers eux et leur déclare solennellement :

– Je remonte m'habiller parce que tel est mon bon plaisir !

Après cet orageux repas, tout se passe bien. Comme il fait toujours beau, Réginald et moi, nous sortons jouer aux fléchettes dans le jardin. Là, des souvenirs scolaires nous reviennent en mémoire. Il ne faut pas cinq minutes pour que notre cible devienne en imagination la tête de madame Grivet. Comme par miracle, nous réussissons mieux nos tirs. Oh, la jouissance ! Et je t'enfonce une fléchette dans l'œil droit, et une autre au milieu du front. Et je t'en plante une dans la bouche et une nouvelle dans le gras de la joue ! Nous transformons, avec des cris de joie et de colère, le visage de la prof de français en un immonde porc-épic. Après ça, elle pourra juste encore servir à récurer le fond des casseroles trop sales.

Le jeu nous libère, il nous permet de sortir notre violence. J'en ai les doigts qui me picotent de plaisir. Que fait madame Grivet durant ce congé de détente ? Je parie qu'elle compte, sur son calendrier, les jours qu'il lui reste à passer avec nous. Si j'étais à sa place, j'en aurais par dessus la tête. À moins qu'elle ne fasse des exercices de relaxation pour se préparer à entamer la semaine qui vient. À partir de lundi, nous n'avons plus que quinze jours à passer ensemble. Sauf si mademoiselle Laurent prolonge son absence. Ce serait une véritable catastrophe ! À la fin de notre jeu de fléchettes, Réginald et moi calculons que les deux semaines qu'il nous reste à passer avec madame Grivet représentent un million deux cent neuf mille six cents secondes ! De quoi faire paniquer plus d'un !

Ses parents viennent le rechercher après le dîner. Ils s'installent dans le salon avec les miens et, avec Mozart en musique de fond, devant une tasse de café et des petits sablés, se mettent à discuter de leur progéniture et de ses résultats scolaires. C'est touchant et insupportable à la fois. Réginald et moi filons dans ma chambre pour échapper à cette conversation où l'on parle de nous, mais où nous n'avons pas le droit de parole. Nous mettons Queen dans le lecteur CD et nous nous couchons sur nos lits, les bras derrière la nuque, les yeux dans les étoiles imaginaires du plafond.

– Mets la musique à fond, me demande Réginald. Ça énervera ma mère !

– Elle ne t'a rien fait pour que tu l'ennuies.

– Pour moi, c'est un plaisir de la faire sortir de ses gonds.

Je ne comprends pas son attitude. Il aime agacer sa mère pour le plaisir de l'agacer. C'est un peu court comme raisonnement. Je le lui dis et il me répond que s'il avait des parents comme les miens, il ne réagirait pas de la même manière.

– Ce sont des anges à côté des miens. Ils t'écoutent, ils s'intéressent à ce que tu penses. C'est génial. Les miens, à part leur boulot, rien ne les branche. À table, ils ne me demandent même pas comment je vais, ils causent travail et argent. C'est déprimant.

Le regard que Réginald pose sur ma famille m'étonne. Je ne m'imaginais pas que mon père-pantoufle et ma mère-artiste puissent être enviés. Quand j'entends Réginald, je me dis que j'ai de la chance. Même s'ils m'ennuient de temps en temps, mes parents me satisfont. En tout cas, j'ai moins à me plaindre d'eux que beaucoup de copains ! Il faudra qu'un jour, je songe à leur délivrer un brevet de bonne conduite.

Le soir, après le départ de Réginald, je vais vers ma mère qui attend dans le salon que mon père libère la salle de bains.

– Alors, me demande-t-elle, tu es content que ton copain soit venu ?

Sa voix est tellement douce, son sourire tellement charmeur que je craque.

– Maman, j'ai quelque chose à t'avouer : cette nuit, Réginald et moi, nous sommes allés nous balader dans le quartier. Une demi-heure, pas plus.

– Je sais, vous êtes partis vers minuit moins le quart. Je vous ai entendus.

Et elle déclare cela avec un calme ! Elle me scie. Moi, si j'avais été à sa place, je me serais levé et j'aurais crié sur mon gosse.

– Et tu ne me dis rien ?

– Tu es en âge de prendre tes responsabilités, Raphaël. Je voulais voir jusqu'où tu irais. Cette nuit, tu t'es montré raisonnable. La prochaine fois, ne pars pas en cachette. À la longue, ça briserait l'atmosphère de confiance qui règne dans la maison.

– C'est pour ça que tu nous as éveillés à huit heures ?

– Évidemment. Il fallait que vous assumiez votre fatigue. Et c'est aussi pour ça que je t'ai demandé d'aller t'habiller. Tu vois, je te dis tout, je joue franc jeu. Ça me fait très plaisir que tu ne m'aies pas dissimulé votre escapade plus longtemps.

Elle me fait un gentil bisou sur la joue et monte vers la salle de bains que mon père vient de quitter. Je suis tellement surpris par son intelligence que je ne réagis pas. Ainsi, elle savait tout et elle n'a rien dit. Elle est plus forte encore que je ne le croyais. La vraie mère de son fils, je le répète, la vraie mère de son fils. Un génie !

16

C'est tout le contraire d'un génie que nous retrouvons à la première heure de cours après le congé ! Madame Grivet dans toute sa laideur ! Les vacances ne l'ont pas arrangée et son mauvais goût est toujours de rigueur. Nous redécouvrons avec horreur sa face de têtard à lunettes et son ignoble tailleur gris perle. En examinant la netteté douteuse de ses verres, je me demande s'il lui est arrivé de les nettoyer depuis qu'elle a acheté sa monture.

– Alors, jeunes gens, vous avez passé de bonnes vacances ? Je l'espère, car nous allons nous mettre à travailler.

Sa voix grinçante et saccadée me donne des frissons. Pendant la semaine de congé, j'ai presque réussi à l'effacer de ma mémoire. Je me bouche les oreilles pour ne plus l'entendre. Il a suffi de cinq minutes de cours pour que je retrouve ma crispation à l'estomac et mes envies de meurtre. C'est tout bonnement ahurissant ! Quel est donc le pouvoir qu'elle a sur moi ? Il faudrait que je parvienne à l'ignorer, que je vive comme si elle n'existait pas. Mais ça ne marcherait pas ; « les problèmes que tu contournes, tu les retrouves toujours au coin de la rue ». Encore une phrase de mon philosophe de père. Au fil du temps, je me rends compte qu'il n'a pas tort. Il ne me reste plus qu'à assumer la mauvaise humeur que la prof de français éveille en moi.

C'est dur, dur, dur ! Pour cette reprise des cours, nous sommes vraiment gâtés. Le directeur lui a demandé de nous remettre nos bulletins. Elle est installée sur sa chaise comme un roi sur son trône. Elle tient nos bulletins en mains et, avant de nous les remettre, elle fait un commentaire pour chacun :

– Aurélie, vos cotes me paraissent équilibrées et votre moyenne est bonne. Je vous félicite pour ce bulletin sans échec.

– Vous aussi, Véronique, vous travaillez très bien. Une légère faiblesse en mathématiques, peut-être, où vous n'obtenez que quatre-vingts pour cent. Dans votre cas, c'est un peu faible.

– Luc, félicitations, un beau bulletin sans échec. Vos parents doivent être fiers de votre travail.

On en a au moins pour une demi-heure. Elle chouchoute ses chéris. Quand viendra notre tour, les commentaires seront moins sucrés. Dans mon cas, ce qui la dérangera, c'est que je n'aie qu'un échec en français. Partout ailleurs, j'ai travaillé correctement. Réginald, lui, a trois notes en rouge : le français, l'anglais et la géographie. Il a réussi à se faire couler chez madame

Pivoine. Un exploit ! Elle ne met d'échec que si on lui répond en espagnol quand elle pose une question dans son anglais hyperréaliste. Elle a interrogé Réginald au tableau et, à chaque question, il répondait « Je ne sais pas, Madame » en français. À cela, elle rétorquait un « But, my boy, I don't understand, I don't understand ! » prononcé avec lenteur et profondeur ; elle était visiblement très chagrinée que Réginald ne lui sorte pas un mot d'anglais. Il aurait répondu à une question, il aurait eu la moyenne, mais, ce jour-là, sa période de déprime débutait et il s'opposait farouchement à toute l'institution scolaire. Je suis certain que madame Pivoine a beaucoup souffert de cet échec qu'il l'a obligée à lui mettre : elle est le genre de prof qui tombe malade quand elle prend des sanctions ou qu'elle donne des mauvaises notes.

– Vous, Rachid, vous devriez prendre garde au cours de mathématiques. Vous ne vous distinguez pas particulièrement dans cette branche-là. Un effort, que diable ! Ça paie toujours !

– Valérie, votre bulletin n'est pas des meilleurs. Avouez-le franchement : vous êtes fainéante. Il faudra vous ressaisir, ma fille, si vous voulez passer en classe supérieure.

Madame Grivet poursuit son laïus. C'est épuisant. Elle parle vraiment pour ne rien dire. Nous sommes capables d'évaluer tout seuls notre manière de travailler. Plus on s'approche du groupe des élèves turbulents, plus elle devient acerbe. Elle se croit forte parce qu'elle tient nos résultats en mains. Elle s'imagine sans doute directrice du collège.

– Voilà, maintenant, nous arrivons aux élèves qui confondent l'école avec un club de vacances. Dans certaines branches, ils travaillent bien. Dans d'autres, ils ne fournissent pas le moindre effort. Des touristes qui risquent de passer leurs congés devant des pages plutôt que sur la plage, ahah !

Bon dieu que c'est drôle ! Elle est fière de sa bêtise. Même les bons élèves ne sourient pas. Espèce de Raymond Devos à la manque ! C'est mon bulletin qu'elle serre dans sa vilaine patte. Elle poursuit sa phrase en le secouant :

– Raphaël, par exemple. Des points honorables, certes, mais un terrible échec en français. C'est votre langue maternelle, jeune homme ! Il s'agirait de fournir un sérieux effort.

Elle me tend mon bulletin d'un air las. Je me lève d'un air aussi las qu'elle et je traîne la savate vers l'estrade. Elle s'énerve :

– Eh bien, Raphaël, dépêchez-vous !

– Je suis épuisé, Madame. J'ai étudié mon français trop tard cette nuit.

– Vous mériteriez également un échec en éducation. Au prochain bulletin, je signalerai votre conduite déplorable à votre éducateur.

– Il n'y aura pas de prochain bulletin avec vous, Madame. D'ici là, vous nous aurez quittés. Mademoiselle Laurent sera de retour.

Elle ne réagit pas, surprise par ma réponse. Je serre la main sur le bulletin qu'elle me tend.

Elle ne le lâche pas et nous demeurons pendant quelques secondes le bras en l'air, le bulletin entre nous.

– Mon bulletin n'est pas un bâton de course relais, Madame. Vous pourriez me le donner, s'il vous plaît ?

– Vous n'êtes qu'un petit impudent, Raphaël ! Tenez-vous bien pendant les quinze jours qu'il nous reste à passer ensemble.

Je prends mon bulletin sans rétorquer. Ça vaut mieux, je sens que je commence à m'énerver. Me trouver ainsi à moins d'un mètre d'elle, ça me donne des boutons.

Après moi, c'est au tour de Réginald d'avoir droit à son petit discours. Malgré ses trois échecs, elle demeure prudente, lui dit qu'il a connu un passage à vide, mais qu'elle est certaine qu'il se reprendra et qu'il réussira à récupérer les points qu'il a perdus à cause de son moment de déprime. Elle marche sur des œufs, on sent que les parents de Réginald sont venus la voir. Je suis sûr qu'elle a peur que l'on dise du mal d'elle. Une fois que l'autorité s'en mêle, elle dépose les armes. Je ferai tout pour que mon père et ma mère viennent à la réunion des parents de jeudi soir. Je serais curieux d'entendre ce qu'elle dira de moi.

– Enfin, il y a vous, Carlos, en bon dernier de classe satisfait de lui-même, semble-t-il. Vous auriez tout intérêt à changer d'orientation l'année prochaine. Le niveau d'un collège comme le nôtre est trop élevé pour vous. Même mille efforts ne vous permettraient pas de réussir cette année.

Pauvre Carlos ! Elle vient de lui offrir un enterrement de première classe. La vache ! Carlos, il est gentil tout plein, un bon gros que personne n'entend jamais. Il s'installe au fond de la classe et roupille pendant toute l'heure. Presque à chaque cours, c'est ainsi. Sauf en travaux pratiques où il fait partie du groupe de tête. Il veut devenir mécanicien, son père veut qu'il soit avocat. Le brave Carlos n'a vraiment pas de chance. Il a deux ans de plus que nous. Il affirme qu'il aura ses parents à l'usure : quand ils ne supporteront plus de le voir rater ses années, ils accepteront peut-être qu'il étudie ce qui le passionne. Il affirme qu'il ne s'inquiète pas : il a toute la vie devant lui. Il n'apprécie pas plus madame Grivet que nous et les remarques qu'elle fait sur son bulletin le font réagir :

– Madame, lance-t-il de sa bonne voix ronronnante, il y a des choses que je fais mieux que vous.

– Ah, ah, Carlos, vous pourriez m'en citer une !

– L'amour, Madame.

Un éclat de rire général secoue la classe. Carlos, qui ne dit jamais rien, vient d'en placer une merveilleuse !

J'aurais voulu la prononcer à sa place, cette réponse-là ! Sous les applaudissements de près de la moitié des élèves, Carlos retourne vers son banc en se dandinant. Un large sourire lui transforme le visage. Je ne me souviens pas de l'avoir déjà vu si heureux.

Madame Grivet est estomaquée. Sa bouche est entrouverte et pas un son ne s'en échappe. Comme dirait Terminator, c'est bien fait pour elle ! Elle n'avait pas besoin de rabaisser Carlos de cette manière. Elle recule de quelques pas et s'assied à son bureau sans un mot. Elle reprend lentement son souffle et murmure plus pour elle-même que pour notre groupe :

– Jamais, jamais, je n'ai vu une classe pareille !

Ensuite, elle fouille dans son cartable-brocante et en extrait le livre de français. Elle l'ouvre d'un geste nerveux, le pose bien à plat sur le bureau et, les yeux au plafond, nous crie :

– Prenez votre livre à la page soixante-quatre. Tous ! En avant ! Au travail !

Elle se lève, inscrit en grand au tableau : « Les participes passés : règle particulières. » Elle recule de quelques pas. Du fond de la classe provient à nouveau la voix ronronnante de Carlos. Nous ne l'avons jamais autant entendu qu'aujourd'hui !

– Madame, vous avez fait une erreur au tableau.

– Taisez-vous, lance-t-elle, je ne veux plus vous entendre !

Elle se retourne et jette un coup d'œil sur le tableau noir. D'un rapide coup de craie, elle ajoute à « règle » le s manquant. Ensuite, elle toise Carlos et lui demande sournoisement :

– Où voyez-vous donc une erreur, jeune homme ?

– Vous venez de la corriger, Madame. Vous êtes une tricheuse, vous trafiquez la vérité.

Elle frappe violemment son bureau du plat de la main :

– Je ne vous permettrai pas une insulte de plus ! Une nullité comme vous n'a pas à me faire la leçon. Sortez de la classe immédiatement ou présentez-moi des excuses !

– Je n'ai pas d'excuses à vous présenter, Madame, je ne vous ai dit que la vérité.

– Très bien ! Nous verrons si monsieur le directeur sera de cet avis. Vous m'accompagnerez chez lui à la fin de l'heure.

17

Carlos a ramassé un jour de renvoi. C'est tout à fait injuste. Madame Grivet a déclaré au directeur que Carlos l'avait insultée en classe et qu'il s'était moqué d'elle ouvertement en faisant allusion à ses relations conjugales ! Elle est complètement fêlée. Le brave Carlos a nié, mais le directeur n'a pas voulu l'entendre. Quand il nous a raconté ce qu'elle avait osé déclarer, j'ai proposé que nous allions voir le directeur en délégation pour lui expliquer que la prof mentait. Évidemment, mesdemoiselles Aurélie, Françoise et quelques traîtres comme Alain et Luc ont trouvé l'idée mauvaise. Ce n'était pas la peine de nous faire remarquer, nous n'avions plus madame Grivet que pendant treize jours, Carlos n'avait pas vraiment été poli avec la prof ; pour se défiler, ils ont utilisé mille excuses plus nulles les unes que les autres.

Ma mère à qui je viens de tout raconter prend un air dubitatif. Elle semble étonnée de la réaction de la prof.

– Je ne vois vraiment pas quoi te dire, Raphaël. Vous ne gagnerez rien à aller voir le directeur. Il ne vous donnera pas raison contre la prof. Patientez ! Tes copains ont raison, il ne reste même plus deux semaines.

– Et Carlos ? Nous ne le vengeons pas ? À cause d'elle, il aura un échec en éducation ce mois-ci.

– Je te l'ai déjà dit : si vous êtes violents, ça retombera sur vous. Si vous vous montrez grossiers, aussi. Vous exagérez, vous poussez cette dame à bout de nerfs !

– Bravo, Maman ! Il faut donc baisser les bras et dire oui à l'imbécillité !

Au repas, je soumets le problème à mon père. Il m'écoute avec attention ; j'ai l'impression d'être un de ses assurés qui lui raconte comment sa maison a flambé. De temps en temps, il hoche la tête pour me montrer qu'il suit ce que j'explique ; ça lui permet de ne pas parler et de manger, tant qu'il est chaud, le délicieux potage aux poireaux que nous a préparé maman. Moi, évidemment, je le mangerai froid ! Quand je termine mon explication, tout le monde a vidé son assiette, sauf moi.

– Mange, déclare tranquillement mon père, je réfléchis.

Il m'étonnera toujours ! Derrière ses airs de flemmard, il y a quelqu'un qui pense. Même si souvent c'est presque imperceptible, c'est vrai. D'ailleurs, s'il n'était pas intelligent, comment aurait-il pu participer à la création d'un être brillant comme moi ! J'avale mon potage à toute allure, manque de renverser la dernière cuillère sur mon pantalon et je le questionne :

– Alors ?

– Je n'ai pas fini de penser, me répond-il lentement. Tu aurais pu manger ta soupe moins vite.

Ce mec me tue ! On dirait qu'il est né dans une pantoufle et qu'il n'a pas encore terminé d'en faire le tour. Moi, quand je pense, ça va vite. À l'époque des microprocesseurs, il réfléchit comme à l'âge de la pierre. Je vais signaler son existence à Winnie l'ourson : il aura un spécimen de l'homme préhistorique à montrer à ses classes.

Il me répond quand ma mère nous sert le rôti, les petits pois, les carottes et les pommes de terre cuites à l'eau qui mijotent depuis une demi-heure sur le réchaud. Mmh ! J'oublie un instant madame Grivet lorsque le plat fumant est déposé sur la table.

– Une grève du silence, ce serait bien, déclare mon père.

– Et ça veut dire quoi, Papa ? questionne Anne-Laure.

– Tout simple. Tu entres en classe et tu te tais. Le prof parle et tout le monde se tait. S'il pose une question, personne ne répond. Aucun commentaire, aucune remarque. C'est implacable !

– Génial ! intervient ma mère. S'ils font ça, leur prof de français ne pourra rien dire contre eux. Personne ne chahute, personne n'est impoli. Où as-tu trouvé cette idée ?

– Dans mon passé scolaire, tout simplement. Je me souviens, nous avons fait subir cela à un prof en terminale. Il a fini par sortir de la classe à bout de nerfs.

– Et les conséquences ? Vous avez été punis ?

– Nous étions en terminale, Raphaël. À la leçon suivante, le prof a passé l'éponge. Il était aussi en tort dans l'histoire et il l'a reconnu. C'était à propos d'une interrogation surprise que toute la classe avait ratée. Nous avons fait cette grève parce qu'il ne voulait pas revenir sur sa position. Nous avions cinq autres interrogations, ce jour-là ; il nous a dit qu'il s'en fichait, a imposé la sienne et, malgré nos échecs, il voulait que ce résultat compte à notre bulletin. Tu imagines…

– Merci, Papa. Je ne t'ai pas demandé de me raconter ta biographie.

Ma mère me sourit. Quand mon père commence à parler de son passé, il devient intarissable. Si je ne l'avais pas stoppé, nous en aurions eu pour toute la soirée. Il fait un geste de la main gauche et déclare :

– Je m'emporte, je m'emporte. Laissons tomber. Que penses-tu de mon idée, Raphaël ? Tu crois que les élèves de ta classe seront capables de s'entendre pour cela ?

La question à cent balles ! Les petits chéris à leur maman feront sans doute des histoires. Il y a pourtant une chance que cette proposition leur plaise mieux qu'un chahut classique. Et si plus de la moitié de la classe nous suit, notre grève du silence aura un impact. L'idée me plaît.

– Papa, lui dis-je, tu m'étonnes. Je ne pensais pas qu'un jour tu me donnerais des idées pour chahuter un prof. Tu sais que, normalement, tu devrais me réprimander. Décidément, il n'y a plus de vieillesse.

– Mais je ne te donne pas raison, Raphaël, ni à toi ni à tes copains ! Chahuter un prof n'a rien de constructif. Je reconnais pourtant que cette dame vous en fait voir. Ce n'est pas parce qu'on est adulte que l'on a systématiquement raison. Lui signifier que le dialogue ne passe pas entre elle et vous me paraît important et, comme elle ne vous écoute pas, une grève du silence est un bon moyen, un moyen ni violent ni grossier comme vous l'êtes trop souvent.

La bonne leçon de morale du père modèle ! Je souris. Mes parents aussi. Nous reprenons la dégustation du repas mijoté par ma mère. Le rôti est délicieux ; il fond dans la bouche. Un repas dont on sort sans que les mâchoires soient fatiguées. Juste ce qu'il me faut ! Ça me permet de penser aux copains que je contacterai demain matin pour organiser cette fameuse grève.

18

Malgré son jour de renvoi, Carlos n'a pas perdu sa bonne humeur. Il accueille l'idée de grève avec plaisir.

– Je marche avec toi. Ça doit être poilant de se taire devant quelqu'un qui a envie de te faire parler. Je sens que nous allons nous marrer.

Le Codéchop acquiesce avec enthousiasme. Il me suffit d'une récréation pour convaincre plus de la moitié de la classe. Ce qui leur plaît dans la proposition, c'est sa nouveauté. Personne n'a encore chahuté un prof de cette manière. Ils sont tous étonnés quand je leur dis que c'est mon dinosaure de père qui m'a filé l'idée.

– C'est fou, je n'aurais jamais pensé que mes parents pouvaient chahuter un prof dans leur jeunesse, me dit Alain.

Les plus durs à décider sont évidemment les premiers de classe. Aurélie me répond qu'elle est au collège pour travailler et pas pour mettre des bâtons dans les roues des professeurs. Françoise l'approuve. Je leur parle de l'injustice faite à Carlos, de la solidarité nécessaire contre quelqu'un de tyrannique et de menteur, mais elles me rétorquent que ce n'est pas leur problème. Carlos n'a qu'à se débrouiller tout seul. Bonjour l'égoïsme ! Elles me dégoûtent. Et la lutte des classes, et l'égalité des chances dans l'existence, qu'en font-elles ? Je leur récite par cœur quelques paroles de L'internationale et ajoute que nous devons tous nous soulever contre l'injustice et les privilèges.

– Laisse ton communisme militant au vestiaire, me rétorque Luc. Il n'est qu'un prétexte pour justifier ton absence d'intelligence.

Le prétentieux, le vilain petit prétentieux ! Il ne vaut même pas la peine que je lui réponde. Il a droit à une mini-grève du silence rien que pour lui ! Tant pis, ceux qui ne marcheront pas avec nous se retrouveront face à leur conscience. On verra bien si leur égoïsme ne les condamnera pas à ce moment-là.

Après l'heure de mathématiques, nous avons français. Quinze élèves sur vingt nous ont donné leur accord. Nous nous rangeons silencieusement dans le couloir. Même nos opposants ne disent rien : ils sont intimidés par le lourd silence qui règne dans le groupe. Madame Grivet est à l'intérieur de la classe, assise à son bureau, la tête penchée sur un cahier. Elle vient d'avoir des élèves qui sont sortis du local en ronchonnant. Ça ne se passe pas mieux avec eux. Tous ceux qui ont le malheur de l'avoir pour prof se plaignent, mais ce serait avec notre classe qu'elle éprouverait le plus de difficultés. Ma mère dirait que ce n'est pas la meilleure manière de nous distinguer. Madame Grivet lève les yeux et regarde vers le couloir. Elle semble surprise de nous voir rangés en silence. Ce n'est guère notre habitude ; parfois, elle a besoin de près de dix minutes pour obtenir un peu de calme dans la classe.

Visiblement intriguée, elle se dirige vers nous. Bêêêh, je ne l'aime pas ! J'ai envie de le lui crier en face, mais je me retiens. L'idée de mon père est bonne, mais ça va être dur de tenir le coup. J'échange un regard avec Réginald ; je devine que, pour lui non plus, ce n'est pas évident de se taire.

– Eh bien, entrez donc ! nous lance-t-elle agressivement.

Tout le monde s'installe à sa place sans un mot. Ça paraît lui faire plaisir. L'étonnement se lit sur son visage. Elle s'assied, ouvre son livre et nous demande de prendre la page quatre-vingt-trois. Aurélie, Françoise, Luc et quelques autres se penchent vers leur sac pour lui obéir. Le reste du groupe ne bouge pas un petit doigt. Tout à coup, elle blêmit. Ses traits s'écroulent vers le bas de sa figure ; elle ressemble à un vieux boxer qui relâche ses muscles. Quelques petits sourires naissent sur nos visages, mais nous ne disons toujours rien.

– Qu'est-ce que vous avez aujourd'hui ? Quelle est cette attitude ?

Seul l'écho lui répond. Ses mains se mettent à trembler. Elle les dissimule rapidement sous son bureau. Elle nous observe à tour de rôle. Même ceux qui ne se sont pas solidarisés avec l'action ne bougent pas. L'atmosphère de la classe est plus tendue de minute en minute. Madame Grivet serre son livre dans ses mains.

– Prenez votre livre à la page quatre-vingt-trois, répète-t-elle sur un ton plus aigu.

Personne ne bronche. Les bons élèves qui l'ont pris à la première demande n'ont pas plus à faire que les cancres. De la place où je suis assis, je vois le dos d'Aurélie ; il est secoué par de petits mouvements nerveux. Elle doit se sentir aussi mal à l'aise que madame Grivet. Il y a des jours où il n'est pas bon d'être premier de classe. La prof se lève, marche vers nous, s'approche du banc de Rachid et lui crache au visage :

– Qu'avez-vous ? Vous avez perdu votre langue ?

Rachid la regarde droit dans les yeux sans répondre. Pas un de ses cils ne bouge. J'avoue qu'il a du cran ! Moi, le simple fait d'avoir sa tête à quelques centimètres de mon visage m'aurait fait hurler. Elle recule, se tourne cette fois vers Aurélie et lui demande :

– Et vous, Aurélie, vous ne dites rien non plus ? Que se passe-t-il ?

Les lèvres d'Aurélie tremblent. Elle a envie de parler, mais aucun son ne sort de sa bouche. Si madame Grivet reste à la regarder une minute de plus, je sens qu'elle va se mettre à pleurer. Heureusement, la prof se détourne, revient vers le tableau et s'écrie :

– Mais qu'avez-vous ? Dites quelque chose à la fin !

Elle se trouverait devant une assemblée de sourds-muets qu'elle obtiendrait le même résultat. Les lèvres tremblantes, les poings serrés, elle nous lance :

– Très bien, je vais chercher la secrétaire du directeur. On verra comment vous réagirez devant elle.

Et elle sort de la classe en claquant la porte. Dès qu'elle a disparu au coin du couloir, nos langues se délient :

– Sortez vos livres, ouvrez-les à la page demandée, crie Rachid à tout le monde. Elle aura une belle surprise en revenant.

Les autres s'exécutent immédiatement. Aurélie et Françoise nous fusillent des yeux :

– Merci de n'avoir pas parlé, dis-je à Aurélie, tu vois que tu peux collaborer quand tu le veux.

Elle hausse les épaules et ronchonne :

– Ne te fais pas d'illusions. Je ne l'ai pas fait exprès.

– Tu avais la trouille, ma belle, lui lance Philippe.

– Attention, les voilà qui arrivent, crie Constantin qui s'était posté près de la porte.

Nous nous redressons sur nos sièges et nous nous taisons. Mesdames Grivet et Seins-pamplemousses pénètrent dans le local. La secrétaire a pris un air outré qui pousse davantage encore sa poitrine en avant. Elle croit sans doute qu'avec un pare-chocs pareil, elle en impose davantage.

– Vous voyez ce que je vous ai dit. Ils se taisent. Ils refusent de répondre à mes questions. C'est intolérable !

– Eh bien, jeunes gens, nous déclame madame Seins-pamplemousses sur un ton acide, que se passe-t-il dans cette classe ?

La voix de Rachid retentit, étonnée :

– Nous ne savons pas. Madame Grivet nous a demandé de prendre notre livre et nous l'avons pris. Puis, tout d'un coup, parce que nous ne disions rien, elle s'est énervée et a quitté la classe.

– C'est vrai, ajoute Philippe, nous n'y comprenons plus rien. Quand nous parlons, elle se fâche et, quand nous nous taisons, aussi.

– Petits menteurs, crie madame Grivet, comment osez-vous raconter cela ?

La secrétaire fronce les sourcils. Elle semble surprise par la réaction violente de la prof. Elle ouvre la bouche pour dire un mot, mais Réginald est plus rapide :

– Vous voyez, Madame, c'est toujours comme ça. Madame Grivet nous crie dessus pour rien. Ce n'est pas juste.

– Mais vous êtes un menteur, un menteur ! lance madame Grivet.

– Bon, intervient la secrétaire, il me semble que ce qui manque dans cette classe, c'est le calme. Si je dois encore montrer le bout du nez chez vous, j'en avise immédiatement le directeur, achève-t-elle en bombant le torse de manière triomphale. Il prendra les mesures qui s'imposent.

Elle nous quitte en claquant des talons. La prof est effondrée sur son bureau. L'opération grève du silence a été un succès absolu. Nous avons vengé Carlos du mieux que nous le pouvions. Plusieurs d'entre nous se tournent vers lui et lui lancent un clin d'œil. Il nous répond par un large sourire. Madame Grivet ne remarque rien : ses yeux fixent le mur vide du fond de la classe. Le silence plane pendant quelques minutes. Luc le brise en levant le doigt et en demandant :

– Que devons-nous faire, Madame ?

Elle hausse les épaules d'un air las :

– Je ne sais pas, répond-elle, faites ce que vous voulez.

19

– Vous êtes fous ! Vous allez la démolir !

– C'est vrai, c'est dégoûtant ce que vous faites. Elle est un être humain comme nous.

Aurélie et Françoise sont en colère. Elles défendent leur gentille prof de français. Ça fait cinq minutes qu'elles nous traitent de tous les noms. Nous apprécions scientifiquement comment elles dépensent leur salive pour rien.

– Vous n'aviez qu'à intervenir tout à l'heure si ça vous dérangeait tellement, dit Réginald. Vous pouviez la défendre lorsque la secrétaire était là.

– Et nous vous aurions tous eus sur le dos ensuite, répond Aurélie.

– Il faut assumer ses idées, ma chère, lui rétorque Rachid. De grands hommes sont morts pour cela. Si vous n'avez pas le courage de vos opinions, ce n'est pas notre faute.

Elles haussent les épaules et s'en vont. Nous les regardons s'éloigner dans la cour de récréation. Quand elles sont hors de portée de voix, Réginald me dit :

– Tu sais, elles n'ont pas tout à fait tort. Tu as vu comment Grivet était tout à l'heure ?

– Pâle comme la mort. Et alors ? Qui l'a cherché ? Elle ou nous ?

– Pourquoi s'entête-t-elle à rester prof ? Elle ferait mieux de vendre des frites.

– Ou des pelotes de laine. Ça lui conviendrait mieux que de donner cours. Mais je te parie que, là aussi, elle ferait figure de vilain petit canard. Cette bonne femme n'a aucun style.

– Comment a-t-elle pu être prof si longtemps ? Tout le monde la déteste. Tu crois que nous sommes particulièrement méchants avec elle ? Avec les autres classes, ça ne doit pas mieux marcher. Et quand j'entends ce qui se passe dans d'autres écoles, on ne peut pas dire que nous soyons des monstres !

– Il paraît que, dans certains bahuts, les profs se font braquer avec des flingues ! Si elle enseignait là, elle se serait déjà fait dégommer.

– Il vaudrait mieux qu'elle aille au musée Grévin, intervient Rachid. Là, elle serait plus ou moins à sa place.

Nous éclatons bêtement de rire. Philippe s'arrête soudain et bégaie de surprise :

– Eh, les gars, vous avez vu ?

– Quoi ? demande Rachid. Riquiqui et son bonnet gris ?

– Mais non, idiot, là, devant la porte.

Nous nous retournons et poussons tous un cri de surprise. J'ai envie de sauter de joie, mais, devant les autres, ça ne se fait pas. À côté du pion, devant la porte qui donne sur la cour de récréation, se tient mademoiselle Laurent. Elle est plus belle que jamais. Son accident de patin à glace ne l'a pas abîmée ! En mini-jupe, bien entendu, enveloppée dans une veste en daim brun rouille, ses longs cheveux blonds descendant en cascades folles sur les épaules. Et son visage ! Sa peau de pêche ; ses yeux, comme deux pierres précieuses, lancent des étincelles. Son nez mignon, ses lèvres au dessin impeccable, légèrement ourlées et sensuelles ! Bon sang, cette femme me transforme en poète. Plusieurs élèves l'ont remarquée et se dirigent vers elle en courant. Il ne faut pas cinq minutes pour que l'endroit où elle se trouve ressemble à un essaim d'abeilles. Aaah, mon rayon de miel, mon sucre naturel, ma douceur dans la bouche et ma belle guérisseuse, vous voilà revenue, vous tellement attendue, vous que je porte aux nues !

Je délire ! Heureusement que je ne parle pas tout haut, les copains me traiteraient de fada. Je suis à quelques pas de mademoiselle Laurent et j'entends ce que les élèves les plus proches d'elle lui racontent :

– Vous revenez quand, Mademoiselle ?

– Dans moins de quinze jours.

– C'est certain ? On n'aura plus la vieille bique ?

– Enfin, restez poli. Ma remplaçante ne vous plaît pas ?

Un cri de dégoût jaillit de plusieurs bouches.

Mademoiselle Laurent semble embarrassée, elle cherche visiblement un autre sujet de conversation. Elle jette un coup d'œil autour d'elle et son regard s'arrête brusquement sur Réginald et moi.

– Ah, vous êtes là aussi, vous deux ! Comment allez-vous ?

– Ça va, Mademoiselle. C'est vrai ? Vous revenez dans quinze jours ?

– Oui, c'est ça. À propos, merci pour votre lettre. Elle m'a fait plaisir.

Pas plus que moi, Réginald ne trouve rien à lui répondre ; nous la regardons tourner la tête vers d'autres élèves qui l'appellent. Il faut avouer qu'elle obtient un franc succès. J'entends le pion qui lui dit :

– Eh bien, Sylvie, tu vas en faire des heureux à ton retour !

– Il me semble aussi, répond-elle.

Le nombre d'élèves venus la saluer a encore augmenté. Plusieurs curieux qui ont remarqué l'attroupement se joignent aussi au groupe. Mademoiselle Sylvie Laurent, superstar ! Génial. Nous sommes serrés les uns contre les autres comme dans le métro à cinq heures. Nous nous bousculons. Le pion intervient pour nous disperser. À ce moment, la sonnerie de fin de récréation retentit. Mademoiselle Laurent nous adresse à tous un signe de la main et disparaît dans le préau.

Je suis tout émoustillé. Ainsi, elle s'est souvenue de notre lettre. Je me suis souvent demandé si elle l'avait reçue. J'aurais eu envie qu'elle nous réponde. Réginald et moi avions noté mon adresse en grand au dos de l'enveloppe. Mademoiselle Laurent n'a pas réagi : elle est prudente, elle conserve ses distances. Et, au fond, je pense qu'elle a raison. Avec les profs-copains, on finit toujours par avoir des problèmes. Ils ne savent pas où se situer, entre les règles qu'ils veulent que nous respections et leur copinage. L'année passée, nous en avons eu un du genre : Jojo, notre prof d'anglais. Nous lui tapions sur l'épaule et certains le tutoyaient. Il nous laissait faire ce que nous voulions et perdait des heures à nous expliquer qu'il fallait respecter certaines règles pour s'entendre. Nous avons passé plus de temps à discuter de nos états d'âme qu'à avoir cours et, cette année-ci, malgré la gentillesse de madame Pivoine, plusieurs élèves de la classe ont de sérieuses difficultés.

Elle arrive justement dans la cour et nous fait signe de la suivre. Nous voilà partis pour notre spectacle hebdomadaire. Nous nous installons dans la classe comme au cinéma, confortablement appuyés contre le dossier de notre chaise et nous l'écoutons. Un régal ! Madame Pivoine entre en scène, un toussotement :

– Hum, how do you do ? Hum…

Un nouveau toussotement.

– I do…

C'est parti. Elle articule, désarticule, elle prononce chaque lettre de chaque mot. C'est fascinant. Sa grande bouche s'ouvre, dessine des ronds dans l'air, revient à son point de départ, s'élargit à nouveau jusqu'aux limites extrêmes d'elle-même, se contracte, se rétracte, se dilate et, soudain, se met à trembler dans un toussotement furieux. Madame Pivoine ferme les yeux et respire un bon coup, nous sourit, désigne Réginald du doigt et lui demande de répéter ce qu'elle vient de dire.

– I am a poor boy, I am a cowboy, déclame Réginald avec application.

Madame Pivoine se met à rire, explique à Réginald que ce n'est pas vraiment ça qu'elle a voulu exprimer, elle répète sa phrase et Réginald, pas plus que les autres élèves, ne la comprennent malgré les mouvements de langue et de luette qu'elle fait pour être saisie. Alors, elle se retourne et, avec une grimace agacée, note au tableau la phrase qu'elle tente de prononcer depuis plus de cinq minutes :

– I am a blue toy, I am a new toy.

Nous applaudissons tous ensemble. Même Aurélie et Françoise sont de la partie. Madame Pivoine rougit de plaisir. Elle aime quand nous sommes contents et que nous comprenons ce qu'elle veut nous faire passer. On dirait même que ses cheveux grisonnants en frisent de plaisir. Elle toussote et se lance dans une nouvelle phrase. Nous nous calons mieux sur nos sièges. C'est reparti pour cinq minutes d'efforts et de grimaces avant notre prochain éclat de rire.

Quand nous sortons du local de madame Pivoine, nous avons mal aux muscles du ventre.

À défaut de nous enseigner l'anglais, elle développe nos abdominaux. À la réunion de parents de jeudi soir, beaucoup d'élèves emmèneront leurs père et mère chez elle, seulement pour la leur montrer. Chaque année, plusieurs personnes sortent de l'entretien pliées en deux de plaisir. Il paraît que les sketches qu'elle donne en particulier sont encore meilleurs que ceux qu'elle offre dans la classe. Si nous en avons le temps, mes parents et moi ne manquerons pas d'aller la voir.

20

On s'imaginerait à la poste. La file est longue, bruyante et n'avance pas. Au guichet, on ne vend pas des timbres, mais on distribue de bons et de mauvais points. Nous venons de voir le prof de mathématiques. Il ne s'est pas privé de dire à mes parents que j'étais un fainéant, « un garçon intelligent qui vit sur ses acquis » pour reprendre ses mots. Il a ajouté que mon attitude frisait l'inconscience et que, si je persévérais dans cette voie, je risquais un échec en fin d'année. Encourageant le bonhomme ! Il parlait tellement que mes parents n'ont pas pu en placer une. Derrière ses grosses lunettes carrées, son visage en forme de cube se contorsionnait dans tous les sens ; il appuyait ses phrases en donnant de petits coups de l'index sur le coin du banc. C'était terriblement agaçant ! De temps en temps, mes parents hochaient la tête et me regardaient. Il a terminé son discours, leur a demandé s'ils n'avaient aucune remarque à formuler et, comme mon père lui a répondu non, il nous a tendu la main à tous les trois en concluant par un « Bon courage » prononcé d'une voix forte.

– Eh bien, dit ma mère, ton prof de math, ce n'est pas le genre d'homme que l'on contredit.

– Il n'en laisse pas le temps à son interlocuteur, renchérit mon père. Pourtant, ce qu'il dit est clair : tu ne travailles pas assez.

C'est toujours la même chanson. Je me demande s'il arrive à des profs de déclarer qu'ils sont contents de leurs élèves. Les éternels insatisfaits à qui il en faut sans cesse plus. Eux, comment travaillaient-ils à l'école ? Un prof qui encourage ses élèves plutôt que de les descendre obtient bien plus d'eux, mais on dirait que la plupart obéissent à la même logique : ils nous disent que nous travaillons mal pour provoquer en nous un sursaut et nous faire travailler mieux. Avec moi, ça ne marche pas : plus on me répète que je suis fainéant, plus j'ai envie de ne rien faire. Quand je me sens apprécié, au contraire, j'ai envie de me rendre appréciable. C'est pour ça que j'aime tant mademoiselle Laurent. Pour être un bon prof, il ne suffit pas d'être une super pépée, même si, parfois, ça facilite les choses ; il faut avant tout être quelqu'un qui écoute, quelqu'un qui laisse de l'espace à celui qui lui fait face. Si madame Grivet était capable de nous écouter, de dialoguer, je suis sûr que, malgré mon caractère têtu, je réussirais à oublier sa laideur. Je ne comprends pas qu'après tant d'années d'enseignement, elle n'ait pas saisi une vérité aussi simple.

La file est immense devant la classe de madame Pivoine. Mes parents décident de ne pas attendre. Ma mère dit que je n'ai pas de problème en anglais et qu'aller voir un professeur comme si l'on se rendait au zoo, ce n'est pas sympathique. Pourtant, au moment où nous passons devant la classe, mon père et elle ne peuvent s'empêcher de jeter un coup d'œil à travers la large vitre. Et ça en vaut la peine ! Nous surprenons notre chère madame Pivoine le visage tendu vers un couple qui tente de garder ses distances. Elle a la bouche grande ouverte et ressemble à un pélican qui appelle ses petits. Mes parents sourient et s'éloignent. Plus loin, chez Winnie l'ourson, il n'y a personne. Il est debout, appuyé contre le mur devant la porte de son local. Quand il nous voit arriver, il nous adresse un large sourire. Ma mère me glisse dans l'oreille :

– Qui c'est, ce nounours ?

Je manque d'éclater de rire. Je réussis à me retenir. Winnie est devant nous et nous tend la main.

– Les parents de Raphaël ? demande-t-il de sa bonne voix dodue.

La moitié des lettres se perdent dans sa barbe, mais nous comprenons. Mes parents acquiescent et répondent à sa poignée de mains.

– Un bon garçon, parfois un peu impulsif, mais un bon garçon, déclare-t-il. Le cours d'histoire semble même l'intéresser. N'est-ce pas, Raphaël ?

– Oui, dis-je en souriant à mon tour.

Je ne voudrais surtout pas le décevoir, il est si brave.

Son cours est comme lui : dodu et gentil. On se perd dans la brousse de dates et de noms qu'il nous sert sur une heure, mais, à chaque leçon, il nous fournit un petit résumé de ce qu'il a enseigné. Ça nous permet de faire un petit somme quand Winnie est vraiment embêtant. Il nous pardonne notre inattention. Quand il remarque que trop d'élèves pensent à autre chose, il toussote, se gratte les poils de la barbe et nous dit gentiment :

– Attention, tout n'est pas noté dans mon petit résumé. N'oubliez pas de bien écouter.

Mais nous savons tous très bien qu'il n'interroge jamais sur une autre matière que celle des résumés. Il dit que ça ne sert à rien de faire échouer un trop grand nombre d'élèves. Il préfère que nous connaissions peu mais bien, plutôt que beaucoup en surface.

– Un point de vue que je partage, déclare mon père à Winnie qui vient de lui faire la leçon.

– Comme Montaigne l'écrivait, mieux vaut une tête bien faite qu'une tête bien pleine, cher Monsieur. L'élève qui a du goût pour ce qu'il étudie continuera à s'intéresser à la matière après l'école. Je tente, voyez-vous, de leur donner le désir de l'histoire plutôt que de les assommer sous des tonnes de savoir.

Mes parents approuvent. Winnie prend un

plaisir évident à bavarder avec eux. C'est un brave homme qui réussit à se faire aimer. Il faudrait qu'il parle avec madame Grivet : il pourrait lui faire comprendre bien des choses ! Au contraire de madame Pivoine, peu de monde vient voir Winnie aux réunions. Alors, il s'accroche à ceux qui s'arrêtent près de lui. Tout en acquiesçant au long développement pédagogique que Winnie est occupé à lui faire, mon père lui demande de l'excuser de ne pas pouvoir l'écouter plus longtemps et lui dit que nous devons encore voir quelques professeurs.

– Pas de problème, pas de problème ! répond Winnie en nous tendant une nouvelle fois la main. Merci d'être passés, ça m'a fait très plaisir de faire votre connaissance.

– Il est tout doux, ce bonhomme-là, déclare ma mère en s'éloignant.

– Et un peu collant, ajoute mon père.

– Un vrai pot de miel, conclus-je en souriant.

Nous tournons dans le couloir et arrivons en vue de la classe de madame Grivet. Elle a beaucoup de succès. La file qui attend là est une des plus longues que nous ayons vue. Nous nous plaçons derrière les parents d'un élève de cinquième.

– C'est plutôt mouvementé ici, nous dit la mère du garçon.

– Pourquoi ? questionne mon père.

– Des parents viennent de sortir en claquant la porte. Ça a drôlement crié à l'intérieur. Votre fils se plaint aussi tellement de ce professeur ?

– Ne nous en parlez pas, répond ma mère. La maison se transforme en un vrai mur des lamentations les jours où il a français.

– Vous me rassurez ; chez nous, c'est la même chanson. Je me demande ce que ce professeur peut provoquer en eux pour qu'ils se plaignent d'elle comme cela.

– Elle n'est tout simplement pas capable de donner cours, dis-je fermement.

– Ça, c'est vrai ! intervient le garçon.

– Et à voir la tête des parents qui viennent de sortir, il n'y a pas qu'avec nous que cette dame éprouve des difficultés.

À ce moment-là, une femme sort de la classe avec sa fille. Aurélie et sa mère ! Que viennent-elles chercher ici ? Aurélie m'adresse un petit sourire et suit sa mère dans le couloir. Avec les points qu'elle a obtenus au bulletin, elle devrait être satisfaite. Je serais bien curieux de l'interroger à ce sujet.

Un quart d'heure plus tard, les parents qui nous ont parlé entrent à leur tour. Tous ceux qui sont sortis de chez madame Grivet avaient des têtes d'enterrement. Nous avons même entendu un père dire à son fils :

– Elle est encore plus fêlée que tu ne l'affirmais.

– Vous voyez, ai-je fait remarquer à mes parents. Elle fait l'unanimité contre elle.

– Nous verrons bien, m'a répondu mon père.

Quand les parents et l'élève de cinquième sortent de la classe, ils nous lancent un coup d'œil et soupirent.

– Bon courage, nous murmure le père.

Nous pénétrons à notre tour dans le repaire de madame Grivet. Elle est debout à côté de son bureau, serrée dans un tailleur beige clair qui met tous ses bourrelets en valeur, avec aux pieds ses gros souliers noirs. Elle a tenté de coiffer ses spaghettis poivre et sel, mais ça ne donne pas un fier résultat. De spaghettis, ses cheveux sont devenus des spirellis ; sa chevelure de cocker s'est transformée en coiffure de caniche. Enfin, elle a fait ce qu'elle a pu pour se rendre moins indigeste aux yeux des parents. Je me dois d'avouer que son effort est louable. Sa voix, en revanche, n'a pas changé : c'est l'horrible ton criard qui nous accueille.

– Aaah, voilààà les parents de Raphaëëël ! Et ta petite sœur, sans doute, ajoute-t-elle en montrant Anne-Laure du doigt.

– Bonjour, Madame, dit mon père avec son ton de courtier d'assurance.

– Madame, Monsieur, assoyez-vous ! Et toi aussi, Raphaël, à côté de ta petite sœur.

Complètement gaga ! Ça commence bien. En s'asseyant, ma mère me fait signe de me taire. Madame Grivet ouvre tout de suite les hostilités.

– Eh bien, Raphaëëël, je vais tout dire à tes parents. Tout. Même si tu m'en veux. Ils ne sont pas ici pour que je leur cache la vérité. Je t'ai prévenu, Raphaël, je vais tout leur dire.

– Expliquez-vous, s'il vous plaît, demande mon père.

– Voilà, Monsieur, votre fils ne travaille pas, il n'écoute pas en classe, il est très dur et même parfois grossier avec moi, il a des attitudes inadmissibles.

Elle s'essouffle. Elle tourne les yeux vers ma mère, vers mon père, vers Anne-Laure et moi, regarde un instant le plafond, soupire, revient à nous.

– Inadmissibles, disais-je. Vous savez qu'en classe, il se laisse tomber sur son banc et refuse de travailler.

– Oui, intervient ma mère, mais nous nous interrogeons sur ce qui provoque cette attitude. Vos collègues ne se plaignent pas de lui. Il obtient même de bonnes notes ailleurs.

Madame Grivet est un instant interloquée, elle lève les yeux au ciel et répond théâtralement :

– Aaah, Madame, allez savoir ! Peut-être que la matière ne l'intéresse pas. Que voulez-vous ? C'est une question presque insoluble. D'autres élèves n'ont pas son attitude. Vous vous imaginez ! Dormir au cours ! Un jour, il ronflait pendant que je lisais. Je ne peux pas accepter cela.

– Pourtant, tout allait bien au début de l'année quand ils avaient mademoiselle Laurent, intervient mon père. Le programme était le même et Raphaël était enthousiaste comme tout.

– Monsieur, chaque professeur est différent, n'est-ce pas ? Peut-être que mademoiselle Laurent acceptait que l'on dorme dans sa classe.

– C'est faux ! dis-je. J'écoutais chez mademoiselle Laurent parce qu'elle donnait un cours intéressant, elle. Vous inventez n'importe quoi.

– Raphaël, tais-toi, s'il te plaît, me lance ma mère en se retournant.

– Vous voyez comment il réagit ! Puis-je accepter cela ? Et je ne vous ai pas tout dit ! Un matin, il a failli me frapper ! Vous imaginez, frapper un professeur ! Et il a affirmé que j'étais responsable de la dépression d'un de ses camarades de classe.

– Son ami Réginald ? questionne ma mère.

– Oui, parfaitement, mais les parents de Réginald m'ont bien comprise, m'ont affirmé que je n'étais pas responsable de sa dépression. Et votre fils qui me rend coupable de cela ! L'attitude de Raphaël dépasse les bornes de la violence et de l'agressivité.

– Autrement dit, pour vous, mon fils est fou ? demande mon père avec un sourire.

Madame Grivet se contorsionne sur son siège. Ses yeux battent dans le vide. Elle passe un doigt dans sa chevelure de caniche mal lavé, remonte ses lunettes-bicyclette sur le nez, et bégaie :

– Non, Monsieur, absolument pas, il est peut-être simplement atteint de légers troubles de la personnalité ; c'est normal à son âge, il se cherche.

– Et pouvez-vous m'expliquer, Madame, en quoi les troubles de la personnalité de mon fils nuisent à son travail en français ? questionne ma mère en articulant cérémonieusement chaque syllabe.

Attention ! Je connais maman. Le ton qu'elle adopte là annonce l'orage. Anne-Laure me donne un petit coup de pied en dessous du banc. Elle a compris la situation comme moi. La prof, elle, est complètement décontenancée :

– Je ne sais pas. Il faudrait consulter le psychologue de l'école. Ce n'est pas mon domaine, voyez-vous.

– À moins que nous ne voyions un neuropsychiatre, dit durement ma mère. Il décidera peut-être d'interner Raphaël, et vos difficultés avec lui seront réglées.

Je suis prêt à éclater de rire. Ma mère sort encore une phrase de ce genre et j'explose. Je me retiens en me pinçant le nez. Mon père se lève lentement et déclare :

– Eh bien, Madame, je crois que nous nous sommes tout dit. Nous allons vous laisser.

Madame Grivet ne sait pas comment réagir. Elle lance la main en l'air et déclare, la voix tremblante de nervosité :

– Et il faut aussi qu'il me remette ses interrogations signées et corrigées, Madame, Monsieur. Oui, il faut qu'il se discipline.

Mon père et ma mère se sont levés. Anne-Laure et moi les imitons. Madame Grivet, encore assise à son bureau, nous jette un coup d'œil médusé.

– Au revoir, Madame, déclare cérémonieusement mon père.

– Mes hommages, dit ma mère sur un ton très sec.

– Madame, Monsieur, murmure la prof, mais sa phrase demeure en l'air.

Nous sortons. Derrière nous, nous entendons qu'elle se lève lentement. Dans le couloir, Anne-Laure demande de sa petite voix douce :

– Elle est fada, cette dame, Maman ?

Les parents les plus proches de nous sourient. Mon père hausse les épaules. Ma mère se penche vers Anne-Laure et lui dit :

– Non, ma puce, elle est malheureuse. Je la plains.

21

Mes parents me répètent que je dois laisser madame Grivet tranquille. Ils affirment qu'elle a davantage besoin de compassion que de chahut.

– Ménage-la, me dit ma mère. Elle doit déjà avoir assez de difficultés à se supporter elle-même. As-tu remarqué comme elle était perdue devant nous ? Cette dame enseigne depuis des années. Elle a jusqu'à présent réussi à tenir ses classes. Peut-être que, dans sa vie privée, un problème la dépasse et que cela influence son attitude. Chacun a ses difficultés, Raphaël ; tu ne peux pas savoir ce qui l'amène à réagir ainsi. Tu veux qu'on soit tolérant avec toi. Sois tolérant avec les autres ! Je te jure qu'avec moi comme prof, tu serais hors de la classe depuis longtemps.

– Tu me fais peur, Superwoman, bon sang, tu me fais peur !

Ma mère sourit, me donne un baiser sur le front en murmurant :

– Toi, ne te prends pas trop pour un Superman. Ça risque de t'apporter beaucoup de désillusions plus tard !

Je hausse les épaules et je cours vers la voiture de mon père qui m'attend devant la maison. Une nouvelle journée commence. Il nous reste dix jours à tirer avec madame Grivet. Il sera difficile de les passer dans un calme plat, mais la façon dont mes parents me parlent d'elle me fait réfléchir. Si elle ne se montre pas trop épuisante, je pourrais peut-être fournir un petit effort.

Au métro, tous les copains sont là. Depuis la réunion des parents, le sujet de conversation numéro un, c'est la dispute du père de Carlos avec la prof de français. Ce sont eux qui sont sortis de la classe un peu avant que mes parents et moi n'arrivions. Il paraît que le père de Carlos a failli gifler madame Grivet. Il lui a dit que des enseignantes comme elles seraient mieux au chômage parce qu'elles étaient un danger pour les adolescents qui les subissaient. Elle lui a crié qu'il n'avait aucune éducation et lui a donné l'ordre de sortir. Le père de Carlos, qui est aussi volumineux que son fils, s'est levé et, en colère, a répondu : « Si je ne craignais pas de la salir, je vous plaquerais ma main sur la figure ! »

– Tu vois, m'a dit mon père. Même les adultes sont souvent incapables de dialoguer. Lorsqu'on se met en colère, on occulte une partie de son intelligence, on sort de soi, on perd son équilibre.

Carlos nous a raconté l'histoire le lendemain. Ses yeux brillaient de plaisir. Il a ajouté qu'il avait eu peur que son père ne la frappe vraiment. Il l'aurait retournée comme une crêpe. Après, son père et lui sont allés chez le directeur pour lui parler de l'atmosphère qui régnait dans la classe. D'autres parents d'élèves ont fait la même chose. Le directeur a défendu madame Grivet, mais a précisé qu'il serait attentif à la situation.

Depuis, nous nous attendons à ce qu'il débarque en classe. Nous nous méfions et, automatiquement, il y a moins de chambard. Il arrive souvent que madame Seins-pamplemousses ou le pion se baladent dans notre couloir. Comme le répète Réginald, ça sent le roussi. Mieux vaut se tenir à carreau. La prof aussi paraît inquiète. Elle tente visiblement de donner cours de façon plus dynamique. Au lieu de demeurer collée sur sa chaise et de nous lire un texte d'une voix soporifique, elle se promène dans la classe avec son bouquin et lit avec plus de punch. Elle met des intonations, elle a des éclats de voix et, quand les personnages rient, elle essaie de les imiter. Alors, elle frôle la catastrophe. Ce qu'elle croit être un rire ressemble au bruit d'un moteur qui ne réussit pas à démarrer. Après trois secondes, elle cale. On remarque que, pour elle, rire est un exercice périlleux dont elle n'a pas l'habitude. S'il n'y avait que le méchant bruit qu'elle produit, ça passerait encore. Hélas, son visage est également de la partie. Son front se plisse, ses joues s'enfoncent dans ses lunettes et son menton en pointe se transforme en un toboggan à salive. On se croirait à Avoriaz, au festival du film d'horreur.

Les trois premières heures de la matinée se déroulent plus ou moins bien. Géographie, mathématiques, biologie. Le ronron habituel qui ne surprend plus personne. Et c'est ce qui est moche ! Pour nous intéresser, l'école devrait tout le temps nous surprendre. J'imagine que ce n'est pas facile. Pauvres profs ! On les critique sur tout et on leur demande l'impossible : de transmettre des savoirs, d'avoir une personnalité épanouissante, d'être des dialogueurs... Comme dit ma mère, ils ont fréquenté le même genre d'école que nous et ils ne font que reproduire ce qu'on leur a enseigné. On leur reproche de n'être pas vivants, mais où ont-ils appris à vivre ? Ils sont entrés à l'école tout petits et ils n'en sont jamais sortis ! Au lieu de nous transmettre tant de matières, l'école devrait plus nous permettre de rencontrer la vie. Winnie l'a répété à la réunion des parents : il est plus important de former notre personnalité que de nous saturer le cerveau. Notre personnalité ne se transforme qu'au contact des autres et l'école est un lieu génial pour cela. On se souvient des profs originaux, on oublie ceux qui, à force de se réfugier derrière des livres, deviennent transparents. Quand on est branché par un prof, on s'intéresse à son cours. Dans l'autre sens, ça ne fonctionne pas : sauf dans de rares cas, ce n'est pas la matière qui nous conduit à nous intéresser au prof, c'est le prof qui nous amène à aimer la matière.

Madame Grivet vient nous chercher à la fin de la récréation. Elle nous fait un grand signe de la main depuis la porte qui donne sur le préau. Quand je pense qu'il y a quelques jours, c'était notre chère mademoiselle Laurent qui se tenait au même endroit ! Nous traînons la patte vers la classe. Qu'est-ce qu'elle nous réserve aujourd'hui ?

Mystère. Un enregistreur à cassettes trône sur son bureau. Madame Grivet nous regarde fièrement. On pourrait croire qu'elle vient de faire une découverte importante.

– Asseyez-vous, jeunes gens. Aujourd'hui, nous allons étudier une chanson.

Ça nous change de ses élucubrations sur les textes de Voltaire, de Victor Hugo ou de ses explications fumeuses sur l'accord des participes passés irréguliers. Elle fait décidément de plus en plus d'efforts pour être dans le vent. Ce qui m'inquiète, c'est la chanson qu'elle a décidé de nous passer.

– La mer de Charles Trenet, dit-elle. Vous verrez, c'est un poème du temps présent.

Une vague de déception soulève la classe. À notre âge, malgré ses qualités, Charles Trenet, c'est un peu vieillot. Elle extrait triomphalement la cassette de son cartable et la place sur son bureau. Philippe, qui est installé au premier banc, se retourne vers nous et nous lance un sourire coquin. Pendant que madame Grivet note en grand au tableau : « La mer de Charles Trenet », Philippe, d'un geste rapide, échange la cassette qui se trouve sur le bureau contre une autre. Il a juste le temps de se rasseoir correctement avant que la prof se retourne.

Le geste de Philippe a échappé à plusieurs élèves. Ceux qui, comme moi, l'ont vu se demandent ce qui va encore nous arriver. Madame Grivet saisit la cassette et la glisse dans son enregistreur.

– Je mets le volume à fond pour que tout le monde entende bien, précise-t-elle.

Innocente, elle déclenche l'appareil. Philippe pose les doigts sur les oreilles. Nous attendons avec inquiétude. Il faut à peine deux secondes avant qu'un cri barbare retentisse sur un rythme effréné : du hard ! La prof fait un bond en arrière et hurle de surprise. Les élèves qui n'ont pas remarqué le geste de Philippe sont tout aussi étonnés. Nous, on se marre ! C'est trop drôle !

Madame Grivet pousse sur toutes les touches de l'appareil à la fois. Elle réussit enfin à faire taire l'enregistreur. Elle est rouge de colère. Elle hurle :

– Vous êtes des voyous ! Je ne ferai plus aucun effort pour vous ! Tout ce que je fais, vous le démolissez.

– C'est trop injuste, fait une voix dans la classe.

– La ferme, répond Luc, c'est toi qui es injuste !

À ce moment, le pion passe dans le couloir. Il jette un coup d'œil à travers la vitre, fronce les sourcils et se dirige vers la porte.

– Eh bien, Madame Grivet, vous avez un problème ? demande-t-il en entrant.

– Écoutez, dit-elle en bégayant de colère, écoutez !

Et elle met l'enregistreur en marche. Elle a oublié de baisser le volume et la musique crève les haut-parleurs.

– Du hard rock ! remarque le pion. Vous aimez ça, Madame Grivet ?

– Non, je déteste, répond-elle, ils ont saboté mon cours.

– Vous pensiez leur passer quoi ? questionne-t-il encore.

– Charles Trenet ! dit-elle.

Le pion se tourne vers nous :

– Je veux connaître le nom du petit plaisantin qui a fait ça ; s'il ne se dénonce pas immédiatement, j'enlève deux points d'éducation à toute la classe.

Philippe lève tout de suite le doigt.

– C'est moi, Monsieur, mais madame n'a pas d'humour, c'était juste une petite blague amusante.

– Voilà votre coupable, Madame Grivet, dit le pion. Il a eu le courage de se dénoncer. À vous de décider de la sanction qu'il convient de lui faire subir.

– Je ne sais pas, je ne sais pas, répond-elle. Et, d'ailleurs, où est ma cassette ?

– La voilà, Madame, dit Philippe. Je ne voulais pas vous la voler, seulement rire un coup. Excusez-moi.

– Puisque vous présentez des excuses, je les accepte, jeune homme, et je ne vous punis pas, mais ne recommencez jamais cela, lui dit-elle.

– Et si vous ne vous calmez pas au cours de français, vous aurez affaire à moi, dit le pion. Je vois que tout est rentré dans l'ordre. Au revoir, Madame Grivet.

Quand il s'est éloigné dans le couloir, la prof nous regarde et nous lance :

– Maintenant, il va répéter partout qu'il y a du bruit dans votre classe. Vous ne soignez pas votre réputation.

Ni la vôtre, me dis-je tout bas. Je pense à la réflexion de Luc qui a fusé comme un coup de poing. C'est vrai, nous sommes injustes avec elle. Même si elle rate tout, elle fait ce qu'elle peut. Nous lui reprochons ce que nous n'acceptons pas qu'elle nous reproche : quand je ne réussis pas quelque chose, je ne supporte pas qu'on m'en fasse la remarque et elle, tout ce qu'elle loupe, nous le mettons en évidence. Je commence à comprendre ce que mes parents veulent dire lorsqu'ils me font la morale.

Elle reprend Charles Trenet et, cette fois, c'est bien La mer que nous entendons. Philippe nous a offert une franche partie de rigolade. Nous décidons tous de demeurer tranquilles jusqu'à la fin de l'heure.

22

Dans une semaine, madame Grivet s'en va ! Nous sommes plus nerveux que des astronautes qui attendent leur départ pour l'espace dans l'habitacle de Challenger. Le compte à rebours a commencé. Nous la regardons s'agiter en imaginant déjà le retour de mademoiselle Laurent et ça nous libère un peu du stress qu'elle éveille en nous. Depuis la métamorphose de Charles Trenet en hard rock, nous faisons des efforts pour la supporter. Rien de spécial à signaler. Ce matin, elle nous bassine de nouveau avec les techniques du récit. Elle entre dans des détails absolument inutiles : à moins de vouloir devenir écrivain, ce qu'elle raconte n'intéresse personne.

Au moment où elle explique l'importance des opposants pour augmenter le suspense d'un texte, nous entendons frapper et, avant qu'elle ait pu dire « Entrez », la porte s'ouvre. Madame Grivet pâlit. Nous nous redressons tous sur notre chaise. Le directeur en personne ! Et il n'est pas seul : un petit chauve barbichu l'accompagne. Le directeur s'efface pour le laisser entrer. Nous entendons :

– Après vous, Monsieur l'inspecteur.

Les deux hommes pénètrent dans la classe et madame Grivet se jette vers eux les bras en avant :

– Monsieur l'inspecteur ! Monsieur le directeur ! Que me vaut l'honneur ?

– Vous faites des vers, Madame ? demande le petit barbichu en lui tendant la main.

– Comment ? Que dites-vous ? questionne la prof interloquée.

– Inspecteur, directeur, honneur, professeur, chou-fleur, ce sont des rimes en -eur, chère Madame. Vous parlez de poésie à vos élèves ?

– Non, Monsieur l'inspecteur, des techniques du récit.

– Récit, fourmi, ravioli, Paganini, rimes en - i, Madame, fait remarquer le petit bonhomme en riant. Continuez donc, ne vous occupez pas de nous.

Le directeur et l'inspecteur se dirigent vers le fond de la classe et s'installent sur le banc à côté de celui de Carlos.

– D'ici, nous avons une bonne vue d'ensemble, ça me plaît, déclare l'inspecteur en s'asseyant. Il passe la main gauche dans sa barbichette, sourit au directeur et se retourne vers le tableau ; madame Grivet ne sait plus où donner de la tête.

– Que disais-je ? Oui, les opposants et leur rôle de créateur de suspense dans un texte, c'est cela, n'est-ce pas ?

Personne ne répond. Chacun est bien trop

intimidé par la présence des deux hommes dans la pièce. Depuis leur entrée, l'atmosphère s'est métamorphosée. À elle seule, une mouche pourrait créer un chahut. Madame Grivet parle dans un froid glacial qui, visiblement, la perturbe. Quand elle note des mots au tableau, elle n'écrit pas droit. Je me dis que c'est déjà un mauvais point pour elle ; l'inspecteur ne manquera pas de le remarquer.

– Je reprends donc. La fonction de l'opposant est de mettre la personnalité du héros en relief. Qui peut me rappeler ce qu'est un héros ?

Je lève le doigt le premier, je ne veux pas manquer une chance comme celle-là ! Madame Grivet me remarque, mais jette un coup d'œil dans une autre direction. Elle veut visiblement éviter que je parle.

–Voyons, qui ? redemande-t-elle.

– Le jeune homme à votre droite, intervient la voix de l'inspecteur.

– Ah, bien entendu, Raphaël ! Allez-y.

– Le héros, c'est celui qui n'est pas un zéro, Madame !

– Enfin, Raphaël ! Exprimez-vous plus correctement.

– Héros, zéro, Zorro, rimes en -o, ce n'est pas mal, remarque l'inspecteur en riant.

– Puisque monsieur l'inspecteur le dit, je n'ajoute rien, Raphaël. Un héros n'est pas un zéro, ahah !

Son rire sonne faux et, je l'ai déjà dit, n'avantage pas son faciès. D'où ils sont, le directeur et l'inspecteur doivent avoir une vue d'ensemble particulièrement consternante.

– Et pour vous, Aurélie, qu'est-ce donc que le héros ?

Elle prend sa préférée pour obtenir une belle réponse intelligente qui effacera sans doute l'effet produit par la mienne.

– Le héros, Madame, répond Aurélie en se redressant sur sa chaise, est le personnage principal du récit sur qui sont centrés l'action et le déroulement de l'histoire.

– Scolaire et peu personnel ! intervient la voix du petit barbichu. Pour vous, avec vos mots, Mademoiselle, un héros, c'est quoi ?

Aurélie jette un coup d'œil apeuré vers la prof et se retourne vers l'inspecteur. Elle rougit tellement que, pour une fois, son visage n'a pas la pâleur d'une interrogation réussie.

– Un héros, c'est, heu, le personnage principal du récit, Monsieur.

– Soyez simple et concrète. Un héros, ce n'est pas un zéro. Bon moyen mnémotechnique et rime en -o. Votre camarade utilise une phrase un peu facile, mais elle n'est pas mal, pas mal du tout. N'est-ce pas, cher ami ? ajoute-t-il en se tournant vers le directeur.

– Très juste, répond le directeur.

Aurélie, toujours aussi rouge, me lance un regard assassin. C'est la première fois que je suis mis en valeur par rapport à elle. Madame Grivet tourne la tête dans tous les sens, reprend ses esprits et répète :

– Comme nous le dit monsieur l'inspecteur, un héros n'est pas un zéro. La phrase est facile à retenir, n'est-ce pas ? Revenons maintenant au rôle des opposants. Qui peut me rappeler ce que je vous en ai dit ?

C'est incroyable ! Voilà bien la première fois qu'elle nous demande de tant participer. D'habitude, elle parle toute seule sans se préoccuper de nous. Ça doit faire extrêmement pédagogique d'agir comme cela. Nous, quand nous pouvons donner notre avis, nous ne nous en privons pas ! Cette fois, c'est Carlos qui lève le doigt. Madame Grivet fronce les sourcils, mais ne peut éviter de lui donner la parole.

– Les opposants jouent constamment le rôle de gênants et de perturbants, déclare-t-il avec un sérieux implacable.

Nous entendons rire dans le fond de la classe.

– Belle rime, jeune homme ! Certains de vos élèves sont excellents, Madame. Celui-ci doit avoir de belles notes. Montrez-moi votre cahier, mon ami.

Madame Grivet panique. Elle lance les mains en avant et bégaie :

– Ce n'est pas vraiment un bon élève, Monsieur l'inspecteur. Si vous désirez voir un beau cahier, je peux vous en fournir un... Véronique, Françoise, Aurélie, voulez-vous ?

– Poursuivez votre cours, Madame, nous feuilletterons celui-là, intervient le directeur.

Le cahier de Carlos ! L'inspecteur et le

directeur vont en avoir pour leur coup d'œil. Il prend note uniquement lorsqu'il ne sommeille pas, autrement dit très peu. Entre son cahier et un paquet de feuilles blanches, il n'y a pas vraiment de différence.

Madame Grivet, de plus en plus perturbée, continue à parler des opposants du récit. Toutes les trente secondes, elle jette un coup d'œil vers le fond de la classe où l'inspecteur et le directeur font des commentaires à voix basse en feuilletant le cours de Carlos. Elle en oublie de nous poser des questions et, après dix bonnes minutes de cours assommant, nous entendons à nouveau vibrer la voix du petit barbichu :

– Vous pouvez de temps en temps faire intervenir les élèves, Madame. Ils étaient plaisants à écouter tout à l'heure.

– Bien entendu, Monsieur l'inspecteur, je n'y manquerai pas, répond-elle en faisant une grimace affreuse de la bouche.

– Cahier intéressant, poursuit l'inspecteur en tendant son classeur à Carlos. Les poèmes sont de vous ?

– Oui, Monsieur, répond fièrement Carlos.

– Certains sont très drôles. Vous les réalisez au cours de français ?

– Non, Monsieur, à la maison.

– Vous les avez lus, Madame ? Ce garçon a le sens des images et de la rime.

– Non, Monsieur l'inspecteur. Je ne savais pas qu'il écrivait. C'est étonnant.

– Étonnant, oui, chère Madame. Vous

méconnaissez un jeune poète en herbe. Laissons, si vous le permettez, vos opposants de côté un instant et voyons qui écrit dans cette classe.

Quatre doigts se lèvent. Aurélie, Rachid, Constantin et Carlos.

– Une jeune fille pour trois garçons. C'est souvent le contraire à votre âge. Il y en a peut-être qui sont timides.

Et l'inspecteur se met à discuter de ce que nous faisons. Le cours devient enfin intéressant. Même Aurélie dit quelque chose de personnel et elle n'a plus son visage fermé de première de classe. Elle tient un journal depuis deux ans ; elle a déjà écrit plus de trois cents pages. Rachid écrit des contes d'horreur et Constantin imagine des scénarios de bande dessinée. Ça, je le savais, nous en discutons souvent ensemble. La révélation du jour, ce sont les poèmes de Carlos : selon l'inspecteur, notre patapouf de dernier de classe crée vraiment de beaux morceaux. Le directeur lui demande d'en lire un devant nous et Carlos ne se fait pas prier. Il se lève et s'avance lentement vers le tableau. Madame Grivet est assise derrière son bureau et suit les conversations avec un air ahuri. Elle n'a sans doute jamais imaginé que le cours de français pouvait ouvrir les élèves à la créativité. Carlos nous salue et commence sa lecture :

Mécanicien,
Je serai bien,
Un jour ou l'autre,

En vrai apôtre
Des pneumatiques
Et la technique
De chaque moteur
Pour mon bonheur
Sera magique.
Vie magnifique !
Vie dynamique !

– Du futurisme ! déclare l'inspecteur. Ce garçon a du talent, Madame. Il faut l'encourager en lui ajoutant quelques points en français. Vous verrez ; c'est ainsi que vous créerez des vocations !

À ce moment-là, comme pour saluer la phrase du petit barbichu, la sonnerie retentit. Nous n'osons pas bouger tant qu'on ne nous dit rien. Le directeur rompt notre indécision en déclarant :

– Ne traînez pas, jeunes gens, votre professeur vous attend. Monsieur l'inspecteur et moi avons à parler avec madame Grivet.

La pauvre n'en mène pas large. Elle nous regarde nous lever et sortir. L'inspecteur et le directeur se rapprochent lentement de son bureau. Quand je passe auprès d'eux, l'inspecteur me dit en souriant :

– L'homme du héros-zéro. N'oubliez pas les rimes. Elles apportent de bons moments dans la vie. Humour, toujours, amour, débours, rimes en - our, ahah !

23

Madame Grivet entre en classe chargée comme un éléphant indien. Elle tire deux gros sacs. Elle les pose sur son bureau et ôte son manteau. Beurk ! Revoilà le tailleur gris arrière-grand-mère. Cette couleur fade m'exaspère : s'il était blanc ou noir, je pourrais au moins comparer madame Grivet à un boudin de Noël !

– Allons, jeunes gens, prenez vos cahiers. Nous avons mille choses à faire aujourd'hui.

Qu'est-ce qu'elle a ? Elle a avalé un tube de vitamines ? Je ne suis pas encore bien réveillé, moi ! Elle veut sans doute faire de l'excès de zèle pour les dernières heures de cours qu'elle nous donne. Elle ouvre ses grands sacs et en extrait des tonnes de papiers. Elle les dépose sur son bureau en petits paquets bien distincts.

– Voilà, dit-elle, chacun de vous va venir chercher une série de photocopies. Il faut que vos cahiers soient en ordre. Monsieur l'inspecteur a insisté sur ce fait. Il n'était pas très content du travail fourni par votre classe.

Bizarre ! Chacun comprend évidemment les choses à sa manière. Ce n'est pas vraiment l'impression que le petit chauve barbichu nous a donnée. À la voir excitée ainsi, j'imagine qu'il lui a passé un savon. C'est la première fois depuis deux mois qu'elle nous fournit des photocopies. Elle a dû consacrer tout son week-end à nous préparer ces feuilles.

– Vous ne pourrez pas dire que je ne vous donne pas bien cours. Regardez les efforts que j'ai faits pour que vos cahiers soient en ordre !

Là, elle en rajoute. Elle nous casse les pieds depuis deux mois et il faudrait encore lui dire merci ! Ses photocopies, c'est un truc pour faire croire à mademoiselle Laurent qu'elle nous a appris quelque chose. Tout le monde, le Codéchop en tête, saura bien lui faire savoir le contraire. Nous défilons devant son bureau et ramassons les feuilles sans enthousiasme.

– Plus que deux jours, m'a dit ma mère ce matin en me passant la main dans les cheveux.

Deux jours, c'est long : ça fait deux mille huit cent quatre-vingts fois une minute. Et, avec quelqu'un comme madame Grivet, chaque minute vaut un siècle ! C'est dire que je devrai encore la supporter pendant plusieurs réincarnations. La seule idée qui réussit à me consoler, c'est que, dans trois jours, nous revoyons mademoiselle Laurent. Avec elle, le cours de français redeviendra enfin un moment de plaisir.

– Adolescent injuste, m'a encore dit ma mère. Tu ne penses qu'à toi. Tu manques d'humanité. Il faut apprendre à apprécier les gens comme ils sont. Je ne veux plus t'entendre critiquer ce professeur. Ton esprit négatif te nuit et nuit aux autres.

Quand nous avons chacun notre paquet de feuilles, nous les rangeons dans notre classeur. Tout ça me paraît être une ignoble comédie ! J'ai une envie folle de saisir les photocopies, d'en faire une énorme boule de papier et de la lancer à la tête de madame Grivet. Mes parents me diraient encore que je ne vois que le mauvais côté des choses. J'entends d'ici mon courtier d'assurances de père affirmer avec sa lente voix qui me rend électrique :

– Voyons, Raphaël, tu ne vois pas qu'en vous donnant ces résumés, ton professeur fait un effort pour rattraper son attitude par trop désagréable.

Bonjour le style et les belles pensées ! Trois bancs devant moi, je vois Françoise et Aurélie qui rangent sagement les feuilles qu'elles ont reçues dans des pochettes en plastique. Humm, que je n'aime pas ça ! C'est trop beau pour sonner juste. Des filles parfaites comme elles ont certainement plein de défauts derrière la tête. Carlos, lui, a fourré tout le paquet dans son sac sans autre forme de procès. Mes doigts me démangent. Et si j'offrais mon cours à Anne-Laure pour qu'elle en fasse des confettis pour la période du carnaval ? Ou si, plus simplement, j'utilisais le tout, ce soir, pour allumer le fourneau à bois du salon ?

Mille idées de destruction me passent par la tête, mais je ne me décide pas. Madame Grivet est là, en train de nous observer bêtement. Je hausse les épaules, prends les feuilles et les glisse dans une chemise en carton. Comme dit le proverbe, « Dans le doute, abstiens-toi ». Un autre jour, je trouverai bien une idée fascinante pour utiliser ce paquet intelligemment : construire une escadrille d'avions en papier ou y découper des napperons pour la table de la salle à manger. Mais ça n'amuserait pas mon artiste de mère qui en profiterait pour me rappeler qu'il serait temps que je mûrisse !

Quand elle remarque que nous avons terminé notre rangement, madame Grivet donne un coup du plat de la main sur son bureau. Qu'est-ce qu'elle va encore inventer ?

– Maintenant, il s'agit de mettre votre journal de classe en ordre ! Monsieur l'inspecteur a insisté sur l'importance de ce document. Nous allons vérifier si, chaque jour, vous avez noté ce que je vous ai dicté.

Elle est bien bonne ! Une leçon sur deux, elle n'a pas eu l'occasion de nous dicter quoi que ce soit. Nous faisions trop de bruit. Un brouhaha de mécontentement remplit la classe. Elle nous cassera vraiment les pieds jusqu'à la dernière minute. Que trouvera-t-elle demain et après-demain pour meubler les dernières heures que nous passerons avec elle ?

– Premier jour, le subjonctif présent des verbes en -er. Notez !

La pie bavarde aux lunettes-bicyclette est en route. Sa voix me hérisse jusqu'aux poils du nez. Au huitième jour, je cale et j'arrête de noter. Réginald tient deux jours de plus que moi et, à notre gauche, Rachid soupire encore un instant avant de lâcher son stylo à son tour. Madame Grivet poursuit comme si de rien n'était : elle se donne bonne conscience. Ainsi, le petit inspecteur barbichu n'aura rien à lui reprocher. Après quelques minutes, plus de la moitié de la classe a abandonné la partie. Luc, Alain, Aurélie, Véronique et Françoise sont les seuls à encore trouver quelque intérêt à cette énumération ridicule. Parfois, ils lèvent le doigt pour lui demander de répéter ce qu'elle a dit. À croire qu'ils la prennent pour Dieu le Père en train de leur dicter les dix commandements !

Quand elle arrive au dernier jour, chacun soupire d'aise. La litanie est enfin terminée. Si elle pouvait au moins nous annoncer une bonne nouvelle ! Ça nous changerait de ses discours. Elle toussote, croise les doigts et déclare :

– Il me reste encore quelque chose à vous annoncer. J'ai appris hier que votre professeur, mademoiselle Laurent, reprenait ses cours dès demain. Cette leçon est donc la dernière que je vous donne.

Ce n'est pas possible : elle a enfin réussi à nous faire plaisir. Réginald et moi, nous ne nous tenons plus. Nous sourions à nous fendre le visage en deux. Plusieurs élèves sont muets de surprise. Rachid donne un coup de poing joyeux sur son banc. J'ai envie de crier, de rire, d'applaudir, mais les mots de ma mère me reviennent à l'esprit ; ce serait vraiment trop dégoûtant pour cette femme. Elle est déjà assez à plaindre comme ça. Je deviens compatissant. Sans doute que la nouvelle de son départ me pose un baume sur le cœur. Ça doit être dur pour un prof de ne pas se sentir aimé. Je me demande même comment elle a réussi à venir au collège tous les matins alors qu'elle savait qu'en face d'elle se trouverait un groupe hostile. Ma mère n'a pas vraiment tort de dire que madame Grivet est une pauvre femme qui a du cran. Si j'avais été à sa place, j'aurais tout plaqué là après deux heures !

Elle nous observe d'un regard vide derrière les verres sales de ses lunettes. Elle ne dit rien. La sonnerie de la fin de cours retentit. Nous sortons de la classe en discutant de la bonne nouvelle. Dans notre dos, madame Grivet range en silence ses affaires dans son cartable.

24

Je passe une nuit d'enfer ! Je rêve de Sylvie Laurent en lapin blanc glissant sur des patins à glace. Elle pirouette, me sourit, salue le nombreux public venu l'applaudir. Pour la première fois de mémoire de moi, je soulève les paupières avant que mon réveil ne sonne. Cinq heures trente-sept. Je me laisse glisser par terre et sautille dans mon sac jusqu'à la salle de bains. Il n'a pas l'habitude de devoir se déplacer si tôt et se fait prier : je trébuche à deux reprises dans les nœuds qu'il enroule sous mes pieds.

– Eh, ma peau, du calme ! C'est pour mademoiselle Laurent que je te demande de te bouger plus tôt.

Il semble me comprendre et se détend. J'arrive dans la salle de bains sans aucun autre problème majeur. Ce matin, il ne faut pas que je me rate le portrait. Je file sous la douche et me récure comme si nous étions un jour de fête : shampoing dans les cheveux, déodorant sous les bras et un rien d'eau de toilette de mon père sur le visage. Je suis presque parfait ! Si les poils de ma moustache avaient poussé un peu plus durant ces deux mois, je croirais que je suis un homme. Je me coiffe quand on frappe à la porte.

– Qui est déjà dans la salle de bains ? demande ma mère. Le réveil vient de sonner.

– Moi, Maman.

– Raphaël, tu es malade ?

Il y a de l'inquiétude dans sa voix. Moi debout le premier, c'est à noter dans le calendrier.

– Tout va bien, Maman. Je n'arrivais plus à dormir, c'est tout.

– Le retour de ta prof bien-aimée a réveillé tes fantasmes ?

Ça y est ! Elle a de nouveau l'imagination en vadrouille. Mieux vaut ne pas même prendre la peine de lui répondre. Évidemment, elle ne se contente pas de mon silence et se croit obligée d'ajouter une remarque ridicule.

– Je parie que tu t'es parfumé pour mieux la séduire.

Encore une comme celle-là et je me fâche vraiment. Elle se croit donc tout permis ! Que fait-elle de mon espace intime ? Je continue de faire le mort ; elle finira bien par se fatiguer.

– Allez, petit dragueur, dépêche-toi. Ce serait moche que tu arrives en retard à l'école ce matin, tu ne crois pas ?

– Vos gueules, les mouettes !

Voilà, c'est sorti. Au moins, ainsi, elle est branchée. Je me repasse la main dans les cheveux, jette un dernier coup d'œil à l'harmonieuse beauté de ma personne pendant que, de l'autre côté de la porte, ma mère pousse des cris de mouette en colère. Décidément, elle est en forme ce matin, et si elle sent que j'ai mis l'eau de toilette du paternel, elle va se payer ma tête à cent à l'heure.

Bien entendu, je suis à peine sorti de la salle de bains qu'elle s'approche de moi et me renifle.

– Ne renverse pas de corn-flakes sur ta chemise en mangeant, don Juan !

Elle m'énerve ! Elle m'énerve ! Au prix d'un effort digne d'un prix Nobel de la paix, je me contiens et réussis même à lui sourire.

– Tu sais, Maman, on commence par dire bonjour quand on est poli.

– Oh, pardon, Monsieur. Vous me troublez tellement que je n'y avais point songé. Bonjour, Monsieur.

– Madame, réponds-je en lui montrant le dos et en retournant dans ma chambre.

Quelqu'un entendrait ça, il se croirait dans une maison de fêlés. Je termine de m'habiller et rejoins mon père dans la cuisine. Il est penché sur sa tasse de café et hausse les épaules quand je lance :

– Bonjour, l'homme-grenouille. Tu n'as pas besoin d'un tuba ?

J'ai à peine le temps de terminer mon bol de corn-flakes qu'Anne-Laure et ma mère débouchent dans la cuisine et houspillent mon père :

– Vite, vite, dépêche-toi, Raphaël veut arriver plus tôt au collège, ce matin. Il doit y faire une entrée triomphale.

Mon père lève vers moi un regard étonné.

– Il ne m'a rien dit, déclare-t-il tranquillement.

– Laisse tomber, Papa, elles ont été piquées par la mouche de l'hystérie.

– De toute façon, il faut y aller. Hop, tout le monde en voiture !

C'est seulement quand Anne-Laure descend que je respire un peu. Elle a été insupportable, me demandant sans cesse ce que je ressentais de retrouver mademoiselle Laurent. Il s'en est fallu de peu que je ne lui fasse avaler la tresse que ma mère a passé plus de dix minutes à lui arranger ce matin. Au moment où je le quitte, mon père me souffle :

– J'ai l'impression qu'il va falloir que je m'achète de plus grands flacons d'eau de toilette. Préviens-moi si tu en mets.

Repéré sur toute la ligne ! Une famille-cadeau, je vous jure ; pas moyen de poser un acte discret sans qu'elle en fasse un plat. Dans le métro, heureusement, les copains ne disent rien. Nous sommes tous trop excités par le retour de mademoiselle Laurent pour nous intéresser à autre chose. Dans la cour de l'école règne une atmosphère de jour de fête. Tous les élèves qui ont mademoiselle Laurent se sont rassemblés près de la porte du préau pour l'accueillir en fanfare dès qu'elle se montrera.

Réginald, Philippe, Rachid, Constantin et moi avons réussi à nous caler contre le mur de sorte à avoir une vue sur le préau et à pouvoir prévenir les autres quand elle arrive. Le pion s'est posté à quelques mètres et laisse faire. Il a dû comprendre qu'en certaines circonstances, on n'intervient pas comme un chien de garde. La sonnerie de fin de récréation retentit. Le suspense commence. J'imagine mademoiselle Laurent, comme dans mon rêve, venant nous chercher dans la cour, en lapin blanc, sur ses patins à glace. La porte de la salle des profs s'ouvre : la première qui en sort est madame Pivoine. Pour une fois, nous ne lui offrons pas l'attention qu'elle mérite et la laissons se diriger vers nous sans accorder d'importance aux mouvements de bouche qu'elle prépare. Suivent encore quelques profs que nous n'avons pas et, dans leur sillage, rondouillard et rieur, Winnie dans toute sa splendeur, portant son cartable d'une main et se grattant les poils de la barbe de l'autre. Toujours pas de mademoiselle Laurent. Soudain, Rachid s'écrie :

– Eh, les gars, à droite !

Nous tournons la tête en même temps pour découvrir mademoiselle Laurent et madame Grivet qui sortent ensemble du bureau du directeur. Plusieurs élèves ont aperçu la belle Sylvie et une clameur de joie monte du groupe. De l'endroit où ils sont, ils n'ont pas pu voir madame Grivet. Pendant que mademoiselle Laurent s'avance vers la cour de plus en plus joyeuse, je peux suivre les gestes de madame Grivet seule au milieu du préau. Elle se retourne un instant, semble vouloir suivre mademoiselle Laurent, hésite, se ravise, et part vers la sortie en traînant ses grosses chaussures noires sur le sol. Je regarde une dernière fois ses cheveux spaghettis et son vilain manteau beige délavé, sa silhouette cassée et déplorable. Je pense aux mots de ma mère. C'est vrai, madame Grivet est humaine et personne ne lui a dit au revoir. Je m'en veux tout d'un coup d'avoir été si dur avec elle.

Tous les autres n'ont plus d'yeux que pour mademoiselle Laurent. Je ne sais pas ce qui me prend ; je file dans le préau et je rejoins madame Grivet. Elle se tourne vers moi d'un air surpris. En hésitant, je lui déclare :

– Je n'ai pas vraiment été sympa avec vous. Je voulais juste vous dire au revoir.

Ma réaction doit l'ébahir autant qu'elle m'étonne. Elle me fixe sans prononcer un mot, puis me répond :

– Je t'ai peut-être mal compris, Raphaël. Au revoir et bonne chance.

Elle ébauche un de ces sourires atroces dont elle seule connaît la recette et s'en va. Le tout n'a pas duré plus d'une minute et, pourtant, j'ai l'impression de m'être enlevé un gros poids de l'estomac. Je pense que ma terrible mère a une fois de plus raison : on trouve davantage de joie intérieure à être positif que négatif. Si j'avais compris ça le premier jour où madame Grivet est entrée dans la classe ! Enfin, elle, l'adulte, aurait pu établir une relation plus vivante avec nous. Les ados sont cruels, mais ils craquent si l'on sait les prendre.

Dans la cour, c'est la fête. Les élèves entourent mademoiselle Laurent. Personne ne semble avoir remarqué mon escapade. Je rejoins le groupe en courant et je me fraie, à coups de coudes, un passage vers l'élue du Codéchop, visiblement émue par l'accueil que tous lui réservent. Je me faufile auprès d'elle. Béat. Je suis aussi ridicule avec elle que j'ai été désagréable avec madame Grivet. Elle m'éblouit ! Mes parents riraient bien s'ils me voyaient ; ma mère déclarerait somptueusement que je célèbre dignement mon âge bête.

Voilà une journée qui m'invitait à sortir de mon sac de couchage ! Je suis devenu plus malin et je retrouve la prof de tous mes fantasmes ! Les autres me bousculent. Je suis tout près d'elle maintenant. J'espère qu'elle aime l'odeur de l'eau de toilette de mon père.

*

Postface

Après la lecture de ce roman, un sentiment étrange m'a saisi. J'ai retrouvé la révolte qui m'a souvent habité pendant mes études, mais j'ai aussi été envahi par une sensation de gâchis : comment l'école peut-elle générer un tel rejet d'elle-même ? Pourquoi ces adolescents que nous avons en face de nous s'intéressent-ils si peu à ce que nous mettons tout notre enthousiasme à leur transmettre ? Pourquoi cette fracture ?

Jeune enseignant aujourd'hui, grâce à des discussions, à des lectures, je sais que mille solutions sont proposées, plus savantes les unes que les autres. Mais les théories, aussi généreuses soient-elles, sont-elles applicables sur le terrain ? Chaque école, chaque classe, chaque élève est différent et, pour être vraiment efficace l'enseignant devrait s'adresser à chacun de la manière qui lui convient. Les projets d'un Jean-Jacques Rousseau sont-ils utilisables dans un système scolaire soumis aux compressions budgétaires ? Non, évidemment.

Que reste-t-il au prof pour s'en tirer, pour ne pas subir le sort de madame Grivet ? Écouter pour comprendre, être attentif, prendre conscience qu'en face de lui, il a des humains et pas des machines à remplir de savoirs. Seuls le dialogue et le contact permettent de créer un lien entre les jeunes et les adultes : l'école d'aujourd'hui, sous peine de se perdre, ne peut plus être ni celle de papa ni celle des planqués. Les profs, qui pénètrent dans une classe en étant persuadés qu'ils vont mater les élèves, ou bien se font mater par ceux-ci, ou bien créent, entre les jeunes et eux, une barrière de dégoût. Les études se transforment alors en boulet et ce n'est positif pour personne.

Mademoiselle Laurent, j'ai déménagé, je vis à l'autre bout du pays, je n'ai de vous que des nouvelles espacées : vous avez quinze ans de plus, mais vos élèves vous apprécient toujours autant. Vous n'avez jamais cessé d'être à leur écoute. Je tente, comme je le peux, d'être personnel, d'offrir à mes propres élèves ce que vous avez pu me donner.

Madame Grivet, je ne sais pas ce que vous êtes devenue. Vous devez être à la retraite aujourd'hui et, si vous saviez que le Raphaël qui vous a tant secouée est devenu prof, vous seriez certainement très surprise ! Adulte, je me rends compte combien j'ai été dur avec vous. Enseignant, je me rends aussi compte combien les élèves que nous voulons soumettre à notre autorité sans être justes se révoltent et deviennent injustes à leur tour. Sans le souvenir des déboires que vous avez vécus avec moi, je serais peut-être devenu un de ces profs qui veut s'imposer à tout prix sans penser qu'en face de lui, il a des jeunes qui ont leur personnalité. Merci donc, Madame Grivet, pour les erreurs que vous avez commises et qui m'en ont plus appris sur la vie que tous les livres de pédagogie. Pardon de vous avoir maltraitée : mes quinze ans étaient ma seule excuse. Aujourd'hui, quand les ados que j'ai en face de moi montrent les dents, grâce à vous, je sais comment je ne dois pas les prendre. Leurs outrances me renvoient aux miennes et me rappellent que, si je ne les écoute pas, je les mets en échec en même temps que l'école. Merci à vous, merci aux autres profs que j'ai eus ensuite : d'une façon ou d'une autre, chacun m'a aidé à vivre ce métier si difficile mais si riche !

J'espère que ce roman de ma jeunesse peu studieuse aura fait réfléchir et aura amusé beaucoup de monde !

Raphaël Valaisse
Professeur

TABLE DES MATIÈRES